双葉文庫

はぐれ長屋の用心棒

平太の初恋

鳥羽亮

目次

平太の初恋　はぐれ長屋の用心棒

第一章　おきよ

一

「孫六《まごろく》親分、鰯《いわし》ですぜ」

平太《へいた》が、焼いた鰯を載せた皿を運んできた。まだ焼きたてで、ジュクジュクと音をたてている。いい匂いがして、旨《うま》そうだった。

「すまねえな」

孫六が目尻《めじり》を下げて言った。だいぶ飲んだらしく、皺《しわ》の多い顔が赭黒《あかぐろ》く染まっている。

平太と孫六がいるのは、本所松坂町《まつざかちよう》にある縄暖簾《なわのれん》を出した飲み屋、亀楽《きらく》である。平太は、ここ三日、亀楽の手伝いに来ていたのだ。

平太の母親のおしずが、亀楽の手伝いに来ていたのだが、風邪をひいて店に出ることができず、代わりに平太が来たのである。

亀楽のあるじの元造《もとぞう》は、寡黙な男だった。板場にいることが多く、客の相手はおしずにまかせていたので、休まれると店がやっていけなくなる。それで、平太に来てもらったのだが、平太はまだ十五、六の若者だった。

孫六が、銚子を手にして言った。

「平太、おめえも一杯やらねえかい」

孫六は還暦を過ぎた年寄りだった。いまは隠居の身だが、元は腕利きの岡っ引きだった。十年ほど前に中風を患い、左足がすこし不自由になって引退したのだ。いまは、長屋に住む娘夫婦の世話になっている。

孫六は無類の酒好きだったが、飲む機会がすくなかった。仕事がないため金がなく、世話になっている娘夫婦に遠慮もしていたので、長屋では飲めなかった。それで、金を手にすると、娘夫婦の目のとどかない外で飲むしかなかった。ただ、孫六がひとりで亀楽に来て飲むことは、滅多にない。

実は、平太に、「孫六親分、亀楽に飲みに来てくだせえ」と声をかけられ、懐にはわずかな金しかなかったが、安くしてもらえるだろうと踏んでやってきたのだ。

孫六にとって、平太は子分のような立場だった。平太は鳶《とび》だったが、栄造《えいぞう》という岡っ引きの手下でもあった。その栄造に、平太を世話したのが、孫六である。

平太は、いずれ岡っ引きになりたいと思っているようだ。

「あっしが飲んじまったら、仕事になりませんや」

そう言って、平太は孫六のそばから離れた。

平太が孫六のそばから板場に入って、すぐだった。店の外の通りで、キャッ、という女の悲鳴が聞こえ、つづいて、「静かにしねえか」と男のどすの利いた声がした。

……娘を手込めにでも、する気だな。

孫六は、手にした猪口《ちよく》を飯台に置いて腰を上げた。岡っ引きだったころと同様、悪事を働いている者を目にすると、見逃せなかったのである。

そこへ、平太が板場から出てきた。ひどく慌てている。女の悲鳴を聞いたのだろう。

「外で、女の悲鳴が！」

言いざま、平太は店から飛び出した。

孫六は、平太につづいて店から出たが、足がふらついている。すこし足が不自由なせいもあるが、だいぶ酔っている。

店の外は、夜陰に染まっていた。頭上で無数の星がまたたき、弦月が地上の出来事を覗《のぞ》いているかのように上空にぽっかりと浮かんでいる。

「あそこだ！」

平太が指差した。

通りの先の夜陰のなかに、女の色白の顔が浮かび上がったように見え、その女のまわりに黒い人影があった。

男が三人、嫌がる女を連れて行こうとしていた。どこかに引きずり込んで、手込めにでもしようとしているようだ。

「てめえら、何をしてやがる！」

平太が声を上げ、女と男たちの方へ走った。平太は、仲間内で、すっとび平太と呼ばれているほど足が速い。

「ま、待て……」

一方、孫六はよろよろしながら、平太の後につづいた。

平太は、男たちのそばに近付き、

「女から、手を放せ！」

と、叫び、男たちを睨《にら》むように見すえた。

すると、ふたりの男に両腕を摑《つか》まれていた女が、平太に顔をむけ、

「た、助けてください」

と、声を震わせて言った。

そのとき、月明りに女の顔が白く浮かび上がった。

まだ、子供らしさの残っている若い娘だった。十二、三歳であろうか。色白で、ちいさな花弁のような唇をしていた。人形のような可愛い顔である。

平太が、娘の腕を摑んでいる遊び人ふうの男に、

「手を放さねえか！」

と、声高に言った。

「何だ、てめえは！　餓鬼はひっこんでな」

遊び人ふうの男の口許に、薄笑いが浮いている。

他のふたりの男が平太の両脇にまわり込み、右手の男が「死にたくなかったら、家に帰《けえ》りな」と、平太を睨むように見すえて言った。大柄な男で、ぎょろりとした大きな目をしていた。

「ちくしょう」

平太は、恐怖を覚えて後じさった。三人が相手では、敵わない。下手をすると、殺されると思ったのだ。

そこへ、ゼイゼイと苦しげな息を吐きながら、孫六が近付いてきた。

「む、娘から、手を放せ」

孫六が、喘《あえ》ぎながら言った。

「おい、餓鬼の次は、爺《じじ》いだぜ。それも、棺箱《かんばこ》に片足をつっ込んだような爺いだ」

遊び人ふうの男が、揶揄《やゆ》するように言った。すると、他のふたりが薄笑いを浮かべ、孫六に体をむけた。

「爺さんも、帰りな。転ばねえようにな」

大柄な男が、孫六の前に出て言った。

「おめえら、これが見えねえのか」

孫六が、懐から十手を取り出した。こんなときもあるので、孫六は出歩くとき昔遣った十手を持ち歩くことがあったのだ。

「岡っ引きか！」

大柄な男が、一歩身を引いた。

これを見た平太も、左手で懐から十手を取り出し、

「やい、やい、本所界隈《かいわい》で、おれたちのことを知らねえやつは、もぐりだぜ。すぐに、仲間を呼ぶからな」

と言い、右手で懐から呼び子を取り出した。そして、顎《あご》を突き出すようにして、呼び子を吹いた。

ピリピリピリ、と甲高い呼び子の音が、辺りに鳴り響いた。すると、姿は見えなかったが、遠方で、「捕物だぜ」、「盗人《ぬすっと》かな」などという男たちの声が聞こえた。どこかで飲んだ後、通りかかったのかもしれない。

「兄《あに》い、まずいぜ」

大柄な男が言った。

「逃げるぞ！」

遊び人ふうの男が、ふたりに声をかけた。この男が兄貴格らしい。

もうひとりの男も、娘のそばから離れ、逃げるふたりの男の後を追って走りだした。三人の男の姿が、夜陰に呑まれるように消えていく。

二

平太は、路傍に立って身を顫《ふる》わせている娘のそばに近付き、

「もう、大丈夫《でえじょうぶ》だ」

と、優しい声で言った。

娘はまだ身を顫わせていたが、平太の顔を見上げ、

「た、助けていただき、ありがとうございます」

と、声をつまらせて言った。

娘は、平太に縋《すが》るような目をむけた。色白の顔が、夜陰のなかに浮かび上がっている。

「おれは、平太。おめえは、なんてえ名だい」

平太が訊《き》いた。

「おきよです」

娘が視線を平太から逸《そ》らし、恥ずかしそうな顔をして名乗った。すぐ近くに、平太の顔があったからだろう。

「家は近《ちけ》えのかい」

平太は、おきよを家まで送ってやろうと思った。

孫六は平太の後ろに立って、薄笑いを浮かべて平太と娘に目をやっている。

「一ツ目橋の近くです」

おきよが、家は一ツ目橋のそばで、瀬戸物屋をやっていることを話した。

一ツ目橋は、竪川《たてかわ》にかかる橋である。竪川は大川につながっているが、大川に近い方から、一ツ目橋、二ツ目橋、三ツ目橋……と、順に名がついている。

「大増屋《おおますや》かい」

平太は、一ツ目橋近くに大増屋という大きな瀬戸物屋があるのを知っていた。

「そうです」

おきよが、表情をやわらげて言った。どうやら、おきよは大増屋の娘らしい。

「店まで、送っていくぜ」

おきよをこの場でひとりにして家に帰すことはできなかった。それに、一ツ目橋は近かった。

「平太、亀楽はいいのかい」

孫六が、上目遣いに平太を見て訊いた。

「大増屋までこの娘《こ》を送ってから、走って亀楽に帰《けえ》りますァ。……親分は、どうしやす」

「どうするって、おめえ。もう、酔いは覚めちまったし、おめえのいねえ亀楽に帰ってもなァ」

孫六は、懐が心配だったのだ。

「長屋に帰りやすか」

平太が訊いた。平太と孫六は、本所相生町《あいおいちよう》にある伝兵衛店《でんべえだな》と呼ばれる長屋に住んでいた。亀楽のある本所松坂町と本所相生町は、隣町で近かったのだ。

「帰《けえ》りてえが、まだ銭を払ってねえんだ」

孫六が小声で言った。

「おれが、店に帰って、旦那に話しておきやすよ」

平太は、懐の巾着《きんちやく》に孫六の飲み代を払うぐらいの銭があったので、店に帰ったら払っておこうと思った。

「すまねえなァ」

孫六は、そう言った後、「ふたりで暗いところを歩いて、川に嵌《はま》るんじゃァねえぜ」と薄笑いを浮かべて言い添えた。

平太は、おきよを連れて細い路地を竪川の方へむかって歩いた。路地沿いの店は表戸をしめて、ひっそりと静まっている。戸の隙間から灯《あかり》が洩《も》れ、話し声の聞こえる店もあったが、路地には人影がなかった。

おきよは、平太のすぐ後ろから歩いてくる。平太の耳に、かすかにおきよの息の音が聞こえた。その音に呼応するように、自分の心ノ臓の鼓動が聞こえる。

平太は黙って歩いていると、息がつまりそうなので、

「おきよさん、ひとりで、どこへ出かけたんだい」

と、小声で訊いた。

「松坂町のお師匠さんのところに、お琴のおさらいに」

おきよが、歩きながらに話したことによると、今日は琴の師匠の都合で、稽古を始めたのが遅く、帰りがいまごろになってしまったという。

「兄弟は、いるのかい」

「わたし、一人っ子です」

「一人っ子か。……おれも、同じようなものだ」

平太には増吉《ますきち》という兄がいたが、亡くなったので、いまは母親のおしずとふたりで暮らしている。

それから、平太とおきよは竪川沿いの通りに出た。ふだんは人通りが多いが、いまは近くに人影はなく、ひっそりとしていた。竪川の岸に寄せる波音が、聞こえるばかりである。

「あのォ、お名前を」

おきよが、平太に目をやって訊いた。

「平太だ。相生町にある伝兵衛店に住んでいる。亀楽に手伝いに来ていて、表の騒ぎを耳にして、飛び出したってわけだ」

伝兵衛店は、棟割り長屋である。

「わたし、怖かった。平太さんが助けてくれなかったら、わたし、どうなったか……」

おきよが、涙声で言った。

「安心しな。……ほら、一ツ目橋もすぐそこだ」

平太が前方を指差して言った。

夜陰のなかに、黒く横たわっている一ツ目橋が見えた。大増屋は橋のたもと近くにあるはずだった。

「ほんと、よかった」

おきよは、そう言うと、急に平太に身を寄せた。

平太はすぐ後ろに、おきよの息を感じたが、何も言わなかった。己の心ノ臓の鼓動だけが、聞こえてきた。

ふたりは、黙ったまま歩いた。ふたりの足音が、呼応し合うようにひびいている。

一ツ目橋のたもとを過ぎると、道沿いにある大増屋が見えてきた。まだ、表戸の板戸は閉めてあったが、脇のくぐりがあいていた。そこから洩れた灯が、通りをぼんやり照らしている。

平太はくぐりの近くまで来ると、

「おれは、ここまでにするぜ」

そう言って、足をとめた。

「平太さん、ここにいて。父と母に、助けてもらったことを話すから」

おきよは、そう言って、くぐりを抜けようとした。

「おきよさん、おれはこのまま帰るよ。……早く、店に入りな。両親《ふたおや》は、おきよさんのことを心配してるから」

平太はそれだけ言うと、踵《きびす》を返した。平太は、何となくおきよの父母と顔を合わせたくなかったのである。

三

翌日、平太は伝兵衛店で昼めしを食うと、すぐに亀楽にむかった。昨夜、おきよを大増屋に送っていった後、亀楽にもどって元造に事情を話したが、店の手伝いを怠けたようで、気がとがめた。それで、今日は早く行って、店の手伝いをしようと思ったのである。

元造は、まだ店をあけたばかりのところに平太が顔を出したので、

「また、何かあったのか」

と、驚いたような顔をして訊いた。

「何もねえが、昨夜、店を留守にしたんで、今日は早く来たんでさァ」

平太が言った。

「律義なやつだ」

元造は目を細めてつぶやくと、すぐに板場に入ってしまった。客に出す肴《さかな》の仕度をするらしい。

平太は、自分にできることをしようと思い、飯台のまわりに腰掛け代わりの空

樽を並べ直したり、土間を掃いたりしていた。

平太が店の掃除を始めて、小半刻（三十分）も経ったろうか。戸口に近付いてくる足音がして、腰高障子があいた。

「いらっしゃい」

平太が声をかけた。

店に入ってきたのは、羽織に小袖姿の商家の旦那ふうの男だった。四十がらみであろうか、顔に憂慮の色があった。

「平太さんですか」

男が平太に訊いた。

「平太だが、おめえさんは」

平太がそう言って、あらためて男の顔を見たとき、おきよの父親かもしれねえ、と胸の内で思った。昨夜、店まで送っていったおきよに、何となく似ている気がしたのだ。

「御礼に伺《うかが》いました。昨晩、平太さんに助けてもらったおきよの父親の宗兵衛《そうべえ》でございます」

宗兵衛は名乗った後、

「娘を助けてもらった上に、店まで送っていただき、御礼の申し上げようもございません」

そう言って、頭を下げた。

「宗兵衛さん、気にしねえでくんな。おれたちは、当たり前のことをしただけだ」

平太が照れたような顔をした。

「これは、心ばかりの御礼でございます」

そう言って、宗兵衛は懐からちいさな紙包みを取り出した。そして、戸惑っている平太の手に握らせた。

平太は突き返すのも悪いと思い、

「おきよさんは、習い事の行き帰りに、ここを通るのかい」

と、紙包みをつかんだまま訊いた。

「実は、一昨日まで、別の道を通っていたのですが、遊び人ふうの男に二度も跡を尾《つ》けられましてね。何か、まちがいが起こってからでは遅いと思い、道を変えたばかりだったのです」

宗兵衛が、眉《まゆ》を寄せて言った。

「するとおきよさんは、これまでも、昨夜の男たちに付け狙われていたことになるな」

平太の顔が、けわしくなった。どうやら、おきよは通りすがりに出会った男たちに、襲われたのではないらしい。

「は、はい」

宗兵衛が、困惑したように眉を寄せた。

「男たちに、何か心当たりはあるのかい」

平太は、昨夜、おきよを襲った男たちは、ただの遊び人やならず者ではないと思った。通りすがりの娘を手込めにするのでなく、他に目的があっておきよを攫《さら》おうとしていたようだ。

「心当たりは、ございません」

宗兵衛が、はっきりと言った。

「このままにしておくと、おきよさんは、また狙われるな」

「それで、心配になりましてね、平太さんに相談にのってもらおうと思って来たのです。おきよから、平太さんが親分さんのような方といっしょにいて、ふたりとも十手を持っていたと聞きましたもので」

どうやら、宗兵衛は孫六と平太を岡っ引きと下っ引きとみて、相談に来たらしい。

「おれの親分は、浅草諏訪町《すわちょう》に住んでるんだが、まだ、動きようがねえぜ。娘さんが、手込めになるかもしれねえと言われても、相手は分からねえし、娘さんの後をついて歩くわけにはいかねえからな」

「そうですが……」

宗兵衛は肩を落とした。顔に、戸惑いと不安の色が浮いている。

「おれは、おきよさんを襲ったやつらは、手込めにしようとしたんじゃァねえような気がする。……三人で、おきよさんの帰りを待ち伏せしていたようだし、二度も跡を尾けられたということは、前から何か別の理由で、おきよさんを狙っていたんじゃァねえのかい」

平太が言うと、

「どうしたら、いいんでしょうか」

宗兵衛が、平太に縋るような目をむけて訊いた。ひとり娘のおきよは、宗兵衛にとって目の中に入れても痛くないほど大事な娘なのだろう。

「何か心当たりはねえのかい」

「何もありませんが……」

宗兵衛が眉を寄せたまま言った。

「いずれにしろ、何とかしねえとな。おきよさんが、あいつらに攫われてからじゃァ遅いからな」

「しばらく、娘は店において、外に出さないようにするつもりですが、いつまでもつづけることはできませんし、それでは娘が可哀そうです」

宗兵衛が、平太に縋るような目をむけた。

「宗兵衛さん、相生町に伝兵衛店と呼ばれる長屋があるのを知ってるかい」

平太が、おれの住んでる長屋だ、と小声で言い添えた。

「伝兵衛店ですか……」

宗兵衛は、思いあたらないらしく、首をひねった。

「はぐれ長屋といえば、分かりがいいかな」

平太が苦笑いを浮かべて言った。

伝兵衛店は、はぐれ長屋とも呼ばれていた。食いつめ牢人、その日暮らしの日《ひ》傭取《ようと》り、その道から挫折した職人など、はぐれ者が多く住んでいたからである。

「聞いたことがあります」

宗兵衛が、戸惑うような顔をして言った。

「おれの口から言うのもなんだが、町方なんぞより、よっぽど頼りになるぞ。町方は、娘が攫われたり、手込めになって傷を負ったりしねえと動かねえが、伝兵衛店の者は娘さんを守るはずだ」

「そうですか」

宗兵衛の顔から、戸惑いの色は消えなかった。平太の口にしたことが、すぐには信用できなかったようである。無理もない。相手は、はぐれ長屋に住む得体の知れないはぐれ者たちなのだ。

「おれの口からは、それだけしか言えねえ」

平太は、宗兵衛にまかせるしかなかった。

四

「雨だ……」

華町源九郎《はなまちげんくろう》は雨音を耳にし、戸口の腰高障子に目をやった。雨天のため、陽の色はなかったが、だいぶ明るかった。五ツ（午前八時）ごろではあるまいか。昨夜、源九郎は寝る前に貧乏徳利に残っていた酒を飲んだため、目が覚めるのが遅くなったようだ。

「そろそろ起きるか」

源九郎は腹の上に載せてあった掻巻《かいまき》を脇に寄せて、立ち上がった。

小袖に袴のまま寝てしまったので、袴が捲《まく》れ上がり、小袖の両袖がひらいて、腹が覗いていた。なんともだらしのない格好である。

源九郎は、還暦にちかい老齢だった。鬢《びん》や髷《まげ》には白髪が目立ち、丸顔ですこし垂れ目だった。茫洋《ぼうよう》としたしまりのない顔をしている。

源九郎の生業《なりわい》は、貧乏牢人お決まりの傘張りだった。源九郎の家は、五十石の御家人だったが、倅の俊之介《しゅんのすけ》が嫁をもらったのを機に、家督を譲って家を出たのだ。三年ほど前に、長年連れ添った妻が死んだこともあって、倅夫婦に気兼ねして暮らすのが嫌だったからである。

源九郎は見るからに貧乏牢人そのものだったが、剣の遣い手であった。源九郎は十一歳のとき、日本橋茅場町《かやばちょう》にあった鏡新明智流《きょうしんめいちりゅう》の士学館《しがくかん》に入門した。道場主は、四代目の桃井春蔵直正《もものいしゅんぞうなおまさ》だった。士学館を継ぐ者は、代々桃井春蔵を名乗ったのだ。

源九郎は士学館に入門し、熱心に稽古に励んだので、めきめきと腕を上げた。

ところが、二十五歳のとき、師匠のすすめる旗本の娘との縁談をことわり、近所に住む幼馴染《おさななじ》みの娘を嫁にした。そのため、師匠の覚えが悪くなり、道場に居辛くなった。

ちょうどそのころ、父が病で倒れて家を継いだこともあって、道場をやめてしまった。その後は、自堕落な暮らしをつづけ、いまは貧乏牢人の身になり、長屋で独り暮らしをしている。

源九郎が小袖の襟をなおし、袴の裾をたたいて伸ばしていると、ぴしゃぴしゃと泥濘《ぬかるみ》を下駄《げた》で歩く音がした。

……来たな。

源九郎は胸の内でつぶやいた。

雨の日は、同じ長屋に住む菅井紋太夫《すがいもんだゆう》が源九郎の家によく顔を出すのだ。菅井は無類の将棋好きで、雨で仕事に出られないときは、将棋を指しに源九郎の家に来ることが多かった。

菅井は生まれながらの牢人で、長屋に住みながら、両国広小路《ひろこうじ》で居合い抜きを観せていた。集まった客から銭を貰《もら》う大道芸だが、菅井の遣う居合は本物で、観客に竹片を投げさせ、それを居合で抜刀し、実際に斬って観せていたのだ。菅井は田宮流《たみやりゆう》居合の達人だったのである。

菅井は、几帳面《きちようめん》なところがあった。雨の日もいつもと変わりなくめしを炊き、自分で握りめしを作って、持ってくるのだ。

足音は腰高障子のむこうでとまり、

「華町、いるか」

と、菅井の声がした。

「いるぞ、入ってくれ」

源九郎が声をかけた。

すぐに、腰高障子があいて、菅井が顔を出した。源九郎が思ったとおり、菅井は将棋盤を脇に抱え、手に風呂敷包みを持っていた。

菅井は、五十がらみだったが、源九郎と同じように長屋で独り暮らしをしていた。総髪で、長い髪が肩まで伸びている。面長で目が細く、顎がとがっていた。滅多に笑わず、いつも陰気な顔をしていた。まるで、貧乏神か死神のようである。

「また、将棋か」

源九郎が将棋盤に目をやって言った。

「雨が降れば、将棋と決まっているだろう」

菅井は当然のような顔をして、将棋盤を抱えて座敷に上がってきた。

「なんだ。その風呂敷包みは」

源九郎は、何が包んであるか分かっていたが、そう訊いたのである。

「握りめしだよ。華町、朝めしはまだだな」

菅井が念を押すように言った。

「まだだ」

源九郎は、まだ顔も洗ってなかったが、面倒なので後にしようと思った。

「雨の日は、握りめしを食いながら、将棋を指すことになっているのだ」

そう言って、菅井は座敷のなかほどにどかりと座った。そして、将棋盤を膝先に置いた。

源九郎も将棋盤を前にして座った。

菅井は風呂敷包みを解いた。飯櫃《めしびつ》がつつんであった。

「握りめしだぞ」

そう言って、菅井が飯櫃の蓋《ふた》をとった。

いつもと同じように、握りめしが四こ、小皿には薄く切ったたくわんが載っていた。菅井は朝起きてめしを炊き、握りめしにして持ってきたのである。

菅井は、懐から将棋の駒の入った小箱を取り出し、

「さァ、やるぞ」

と言って、将棋盤に駒を並べ始めた。

「いただくか」

源九郎は飯櫃のなかの握りめしに手を伸ばした。

ふたりは、握りめしを頰張《ほおば》りながら将棋を指した。それから、小半刻も過ぎたろうか。戸口に近付いてくる下駄の音がし、腰高障子の前でとまった。だれか来たらしい。

「華町の旦那、いやすか」

と、茂次《しげじ》の声がした。

「いるぞ」

源九郎が声をかけると、腰高障子があいて茂次が入ってきた。

「やってやすね」

茂次は将棋盤を目にしてつぶやくと、勝手に上がってきて将棋盤の脇に胡座《あぐら》をかいて覗き込んだ。茂次も長屋の住人で、お梅《うめ》という女房とふたりで暮らしてい

る。

茂次の生業は研師《とぎし》だった。少年のころに、刀槍《とうそう》を研ぐ名の知れた研屋に弟子入りしたのだが、師匠と喧嘩して飛び出し、いまは長屋や裏路地をまわり、庖《ほう》丁《ちょう》、鋏《はさみ》、剃刀《かみそり》などを研いだり、鋸《のこぎり》の目立てなどをして暮らしをたてている。

雨の日は仕事に出られず、長屋に籠《こも》っているのに飽きると、源九郎や菅井の家に来て、おだをあげていることが多かった。茂次もはぐれ者のひとりである。

「菅井の旦那、飛車を逃がさねえと、詰みやすぜ」

茂次が、将棋盤を覗き込んで言った。茂次も将棋は分かるようだが、自分で指すことは滅多になかった。長時間、腰を落ち着けているのが、性に合わないらしい。

五

「ふたりは、平太のことを知ってやすか」

茂次が将棋盤を覗きながら言った。

「なんだ、平太のこととは」

源九郎が訊いた。

菅井は、将棋盤の上の駒を睨むように見すえている。いまのところ、勝負の形勢は互角である。

「一ツ目橋のそばに、大増屋ってえ、瀬戸物屋がありやすね」

茂次が言った。

「あるな。瀬戸物屋にしては、大きな店だ」

源九郎は、大増屋で湯飲みを買ったことがあった。

「大増屋に、おきよってえひとり娘がいやしてね。平太のやつ、その娘の送り迎えをしてるようでさァ」

「送り迎えだと。どういうことだ」

源九郎が、茂次に体をむけて訊いた。

「どういうわけか、あっしは知りやせんが、お熊《くま》やおまつの話じゃァ、平太はその娘に惚《ほ》れてるようですぜ」

お熊は、源九郎の家の斜向《はす》かいに住む助造《すけぞう》という日傭取りの女房である。また、おまつはぼてふりの若い女房で、口から生まれてきたようによく喋《しゃべ》る。

「平太は、若いんだ。そういうこともあるだろうよ」

源九郎は、将棋盤に目をやった。

「それが、ただ惚れてるんじゃァないらしいんで」

さらに、茂次が言った。

「どういうことだ」

また、源九郎が将棋盤から目を離した。

「平太は、その娘の身を守るように前に立ちやしてね。辺りに目を配りながら歩いているそうでさァ」

「うむ……」

源九郎は、事情が飲み込めなかった。

そのとき、菅井が将棋盤から目を離し、

「華町、何をしている。おまえの番だ、おまえの！」

と、声を大きくして言った。

「おお、そうか」

源九郎は銀を手にし、飛車の前に進めた。

「うむ……」

菅井は将棋盤に目を落としたが、すぐに顔を上げ、

「おい、この銀、ただでくれるのか」

と、言って、源九郎の顔を見た。

「銀など、くれてやる」

源九郎は何も考えずに、目についた銀を前に進めただけなのだ。茂次と話し始めてから気を入れて指していなかったので、形勢は菅井にかたむき始めていた。

「いいのか」

菅井は、戸惑うような顔をして飛車で銀をとった。

源九郎は将棋盤も見ずに、

「平太は、その娘に惚れてるだけではないようだな。……茂次、平太のことで他に何か聞いてないか。たしか、平太は亀楽に手伝いにいっているはずだぞ」

と、訊いた。源九郎は、風邪気味のおしずの代わりに、平太が亀楽に手伝いにいっていると聞いていたが、その平太が娘の身を守るように、いっしょに歩いていたというのだ。

「おしずさんは風邪がよくなって、亀楽に行くようになったようですぜ」

「そうか」

「華町の旦那は、平太が亀楽に手伝いに行っていたとき、飲みにきていた孫六とふたりで、娘を攫っていこうとしたならず者たちとやり合って、娘を助けたってえ話を聞いてやすか」

茂次が言った。

「いや、知らぬ」

「助けた娘が、大増屋の娘でさァ」

「すると、平太はそのとき助けた娘を、いまも送り迎えしているのだな」

「そうでさァ」

「まだ、その娘は狙われているのではないか」

源九郎は、膝を茂次の方にむけて訊いた。

「そうかもしれねえ」

「平太は、大増屋に頼まれて、娘の送り迎えをしているのではないか」

源九郎が、そう言ったときだった。

菅井が急に顔を源九郎にむけ、

「華町！　将棋をやる気があるのか」

と、目をつり上げて言った。

「やる気はあるが、もうどうにもならぬ。菅井がいい手を打ってくるのでな。あと、何手かで詰みそうだ」

源九郎は適当に指していたので、形勢は菅井に大きく傾いていた。あと、数手で詰むだろう。

「華町にも、詰みそうだと分かっていたか」

菅井の表情が、いくぶんやわらいだ。

「菅井、将棋の腕を上げたな」

源九郎は、菅井の気を損ねないように気を遣って、そう言ったのだ。

「それほどでもないがな」

菅井は、目を細めて満足そうな顔をした。

「この勝負は、わしの負けだ」

そう言って、源九郎が将棋盤の上の駒をかたづけ始めると、

「華町、もう一局やらんか」

菅井が、源九郎に目をむけて言った。

「今日は、やめておこう。菅井には、勝てそうもない」

源九郎は、将棋を指す気が失《う》せていたのだ。

「そ、そうか。華町も、いい手で指していたがな」

菅井は、腑に落ちないような顔をして駒を片付け始めた。

六

平太とおきよは、松坂町の道を南にむかって歩いていた。その道を行くと、竪川沿いの通りに出られる。

おきよは琴の師匠の家を出て、大増屋に帰るところだった。平太は、おきよの稽古が終わるのを待っていた。大増屋まで、送るのである。

まだ、暮れ六ツ（午後六時）前だったが、曇天のせいか、通りは薄暗かった。仕事を終えた出職の職人や大工、遊びから帰る子供などが、足早に歩いていく。

おきよは、帰り道でならず者たちに襲われないように、師匠に話して琴の稽古をいつもより早く切り上げてもらい、明るいうちに稽古場を出たのだ。それでも、空が厚い雲で覆われているせいで、辺りは夕暮れ時のように薄暗かった。

「おきよ、すこし急ごう」

平太がおきよに声をかけた。

「はい」

おきよも足を速め、平太の後についてくる。

しばらく歩くと、道幅がすこし狭くなった。道沿いにある店屋が、店仕舞いを始めたらしく、あちこちから表戸をしめる音が聞こえてきた。

行き交うひとの姿がすくなくなり、辺りが急に寂しくなったように感じられた。平太とおきよは、足早に歩いていく。

ふいに、おきよが後ろを振り返り、

「あ、あの男《ひと》、後を追ってくる」

と、声を震わせて言った。

平太が背後に目をやると、男がひとり、足早に歩いてくる。大柄な男だった。まだ、遠方ではっきりしないが、平太は亀楽の近くで、おきよを襲った三人のなかのひとりのような気がした。

「おきよ、急ぐぞ」

平太は、足を速めた。

「は、はい」

おきよは蒼《あお》ざめた顔をして、平太についてきた。

後ろからくる男はさらに足を速めたらしく、平太たちに近付いてきた。

「おきよ、もうすこしだ。竪川沿いの道まで出れば、大丈夫だ」

平太が、力づけるようにおきよに言った。竪川沿いの道には、まだ行き来するひとの姿があるはずだった。その道に出れば、襲われるようなことはないだろう。

ふいに、おきよが足をとめ、

「ま、前にも！」

と、声をつまらせて言った。

見ると、道沿いの表戸をしめた店屋の脇から男がふたり、通りに出てきた。以前、おきよを襲ったふたりである。

「待ち伏せしてやがった！」

平太は十手を右手で持ち、左手でおきよの手をつかんだ。

「おきよ、走るぞ」

「は、はい」

平太はおきよの手をつかんだまま、前に立っているふたりにむかって走った。

そして、ふたりに近付くと、道の端に身を寄せ、男の脇を走り抜けようとした。

「逃がさねえよ」

遊び人ふうの男が、平太たちの前に立ちふさがるように立ち、「浅次郎《あさじろう》、女を引き離せ」と、もうひとりの男に声をかけた。男は、浅次郎という名らしい。

浅次郎は、すぐにおきよの脇にまわり込んできた。

「やろう！　この十手が目に入らねえか」

平太は十手を振りかざし、前に立った遊び人ふうの男に迫った。何とか、この場を突破し、竪川沿いの道まで逃げようと思ったのだ。

「十手なんぞ、怖かァねえよ。どうせ、下っ引きだろう」

遊び人ふうの男は、手にした匕首《あいくち》を前に突き出すように構え、平太に近付いてきた。口許に薄笑いが浮いていたが、平太にむけられた目は笑っていなかった。刺すような鋭いひかりを宿している。

「そこを、どけ！」

平太はおきよの手を引いて、遊び人ふうの男の脇を擦《す》り抜けようとした。

「若《わけ》えの、観念しな！」

叫びざま、遊び人ふうの男が飛び込むような勢いで踏み込み、手にした匕首を袈裟《けさ》にふり下ろした。

ザクリ、と平太の右袖が裂け、二の腕があらわになった。二の腕から血が噴いた。キャッ！　とおきよが、悲鳴を上げ、その場に立ちすくんだ。恐怖で身が竦《すく》み、動けなくなったようだ。

「娘、こっちに来な」

浅次郎が、おきよの袖をつかんで引き寄せようとした。

平太は、このままでは逃げられないと思い、

「助けてくれ！　こいつら、人攫いだ」

と、大声で叫んだ。

通りには人影があったが、巻き添えを食うのを恐れて、平太たちに近付いてくる者はいなかった。

そのとき、すこし離れた場所にいた職人ふうの男が、

「御武家さま！　助けてくだせえ。人攫いだ」

と、大声で叫んだ。

通りの先に、ふたりの武士の姿があった。ふたりとも、羽織袴姿で大小を帯びている。御家人ふうの武士だった。

「あそこだ！」

武士のひとりが、声を上げた。

ふたりの武士は、小走りに近付いてきた。すると、道沿いにいた野次馬の何人かが、「お侍さまだ！」、「人攫いを、つかまえてくれるぞ」などと声を上げた。

ふたりの武士は、おきよを連れ去ろうとしている三人の男に近付くと、

「命が惜しかったら娘を放して、立ち去れ！」

長身の武士が抜刀し、おきよの腕を摑んでいる浅次郎に切っ先をむけた。すると、もうひとりの武士も刀を抜いた。

浅次郎は戸惑うような顔をしたが、

「ちくしょう！　これで、逃げられたと思うなよ」

と、声を上げ、おきよの手を放して後じさった。

これを見た別のふたりの男も、身を引いた。そして、武士から離れると、反転して走り出した。

平太は、蒼ざめた顔で身を顫わせているおきよの手を握り、

「御武家さま、助かりやした」

そう言って、ふたりの武士に頭を下げた。おきよも、顫えながら頭を下げている。

「あの者たちは」

長身の武士が、逃げる三人の後ろ姿に目をやって訊いた。

「人攫いでございます。若い娘を狙って、攫うのです」

平太が言うと、おきよは顫えながら、

「ま、前にも、攫われそうになりました」

と、言い添えた。

「人攫いたちは逃げた。早く家に帰るのだな」

長身の武士が言い、もうひとりの武士とふたりで歩きだした。

平太とおきよは、ふたりの武士に頭を下げたまま離れていく足音を聞いていたが、足音が遠ざかると、

「おきよ、急ごう」

平太が声をかけ、足早に歩きだした。おきよは、平太に身を寄せたままついてくる。

七

源九郎は、久し振りに炊いためしを食っていた。菜は、お熊がとどけてくれた煮染である。暮れ六ツを過ぎていた。遅い夕飯である。

そのとき、戸口に近付いてくる足音が聞こえた。三人いるらしい。ひとりは、すこし足を引きずっているようだった。孫六らしい。

足音は腰高障子のむこうでとまり、

「華町の旦那、いやすか」

と、孫六の声がした。

「いるぞ、入ってくれ」

源九郎は茶碗を手にしたまま言った。

腰高障子があいて、姿を見せたのは孫六と平太、それにもうひとり、年配の町人がいた。羽織に小袖姿で、角帯をしていた。商家の旦那ふうの男である。

平太の小袖の右袖が裂け、二の腕に白布が巻いてあった。赭黒い血に染まっている。

源九郎は見知らぬ男がいたので、手にした茶碗を箱膳の上に置き、上がり框《がまち》近くにきて、腰を下ろした。

「てまえは、大増屋という瀬戸物屋のあるじ、宗兵衛でございます」

年配の町人が名乗った。

源九郎は、茂次から大増屋のことを聞いていたので、宗兵衛の名も知っていた。

「それがしは、華町源九郎でござる」

源九郎は、そう名乗り、宗兵衛に座敷に上がるよう勧めた。

宗兵衛は「てまえは、ここで」と言って、上がり框に腰を下ろした。源九郎が、めしを食っていたのを目にしたので、座敷に上がらずに、話をこの場で済ませようと思ったのだろう。

孫六と平太も座敷には上がらず、上がり框に腰を下ろした。

「用件は何かな」

源九郎が訊いた。

「大増屋さんの娘さんのことで、華町の旦那たちに頼みたいことがあって見えたんでさァ」

平太が、身を乗り出すようにして言った。

源九郎は、驚かなかった。茂次から、大増屋の娘が何者かに襲われ、平太が送り迎えしていることを聞いていたからだ。

源九郎はあらためて平太の右腕に目をやり、

「平太、その傷はどうした」

と、声をひそめて訊いた。

「人攫い一味に、襲われたんでさァ」

平太はそう言って、三人の男に襲われたときの様子をかいつまんで話した。

「いっしょにいた娘さんは、無事だったのだな」

源九郎が念を押すように訊いた。

「はい、平太さんのお蔭で、おきよは無事でした」

宗兵衛が言った。

「それで、娘さんを攫おうとしている三人組は、何者なのです」

源九郎が訊いた。

「それが、分からないのです。……ただ、米沢町《よねざわちょう》にある倉沢屋《くらさわや》という呉服屋の娘さんが攫われた話を聞きました。その娘さんは、まだ十二歳で、何度も跡を尾けられた末に攫われたそうですが、何者が何のために攫ったのか、いまだに分からないそうです」

宗兵衛が、眉を寄せて言った。

「娘さんを攫って、ほとぼりが覚めたころ、多額の身《み》の代金《しろきん》を出させるつもりではないか」

源九郎は、攫った娘を吉原に売る手もあると思ったが、そのことは口にしなかった。

「そうかもしれません。いずれにしろ、娘を外に出すこともできないのです」

宗兵衛の声が震えた。

「親としては、そうだろうな」

「平太さんから、これまで、華町さまたちは困った人たちの依頼を受けて、多くの人たちを助けてきたと聞きました」

宗兵衛が源九郎に目をむけて言った。

「……」

源九郎は、無言で頷《うなず》いた。ふだんの締まりのない顔付きではなかった。表情が引き締まり、双眸《そうぼう》に鋭いひかりが宿っている。

「娘の身を守って、いただきたいのです」

宗兵衛が、その場にいる孫六たちに目をやって言った。源九郎ひとりではなく、長屋の男たちが何人もで力を合わせ、依頼人の望みどおり事件を解決してきたことを聞いていたのだろう。

源九郎たちは、これまで、依頼を受けて無頼牢人に脅された商家の用心棒に雇われたり、盗賊から商家を守ったり、勾引《かどわ》かされた娘を助け出したりしてきた。そんな源九郎たちのことを、はぐれ長屋の用心棒などと呼ぶ者もいた。

「娘さんをわしらの手で守ってやりたいが、わしらも暮らしていかねばならないのでな」

源九郎が、声をひそめて言った。

「承知しております」

宗兵衛はそう言うと、懐から袱紗《ふくさ》包みを取り出し、

「些少《さしょう》ですが、二百両用意いたしました。これで、何とか娘を助けていただきたいのですが」

そう言って、袱紗包みを源九郎の膝先に置いた。

袱紗には、切餅が八つ包んであるらしい。切餅は一分銀を百枚、紙で方形につつんだものである。一分銀四つで一両だった。したがって、切餅ひとつ二十五両である。切餅が八つで、二百両ということになる。源九郎もそうだが、貧乏長屋の住人にとっては、滅多に目にすることもできない大金である。

それでも、源九郎はすぐに袱紗包みに手を伸ばさなかった。長屋住まいの老いた武士ではあるが、金に飢えているように思われたくなかったのだ。源九郎はいっとき間を置いてから、

「引き受けましょう。わしらも、娘御を助けてやりたい」

そう言って、ゆっくりした動作で袱紗包みを摑んだ。

それから、源九郎たちは宗兵衛に、おきよの暮らしぶりや行動範囲などを聞いてから、

「娘さんが家を出るときは、わしらに話してくれ」

と、源九郎が念を押すように言った。しばらくの間、源九郎たちのだれかが同行しておきよの身を守ろうと思ったのである。

八

宗兵衛が、はぐれ長屋に姿を見せた翌日、亀楽に七人の男が集まっていた。源九郎、菅井、茂次、孫六、平太、それに、安田十兵衛《やすだじゅうべえ》と三太郎《さんたろう》である。七人は、はぐれ長屋の用心棒と呼ばれる男たちである。

三太郎は四十がらみだった。おせつという女房とふたりで、伝兵衛店に住んでいる。三太郎も、はぐれ者のひとりだった。

三太郎の生業は、砂絵描きだった。砂絵描きは、染粉で染めた砂を色別にしてちいさな布袋に入れて持ち歩き、掃除して水を撒《ま》いた地面に色砂を垂らして絵を描くのだ。人出の多い寺社の門前や広小路などで砂絵を描いて見せ、見物人から

銭を貰う。大道芸のひとつである。

三太郎は若いころ絵描きの師匠に弟子入りしたが、師匠の娘に手を出して破門になった。その後、大道芸で暮らしをたてるようになったのだ。

源九郎たち七人は、飯台を前にして、腰掛け代わりの空樽に腰をかけていた。店のなかには、源九郎たちしかいなかった。源九郎が元造に頼んで、店を貸し切りにしてもらったのだ。

源九郎たちは事件にかかわったとき、仲間たちが集まって話をする場を亀楽と決めていた。仲間たちだけで話すには、都合のいい店だった。

あるじの元造は、源九郎たちが頼むと、店を貸し切りにしてくれた。それに、元造は酒肴《しゅこう》を出すと、板場に引っ込んでしまうので、源九郎たちは他人を気にせずに話すことができた。

この日、おしずも亀楽に来ていた。風邪が治り、また亀楽の手伝いをするようになったのだ。おしずも、酒と肴を出し終えると、源九郎たちの話の邪魔にならないように板場に引っ込んでしまった。

「話は、一杯やってからだ」

源九郎がその場にいた男たちに声をかけ、脇に腰を下ろしていた孫六の猪口に酒をついでやった。

「ありがてえ。長屋のみんなと飲む酒はうめえからな」

孫六が、目尻を下げて言った。

男たちは、近くに腰を下ろした者たちと酒を注ぎあって飲んだ。

源九郎は、男たちがいっとき酒を飲むのを待ってから、

「今日集まってもらったのは、大増屋という瀬戸物屋の娘のことだが、まず平太に話してもらう」

と言って、平太に目をやった。

「大増屋のひとり娘のおきよが、人攫いに連れていかれそうになったんでさァ」

平太は照れたような顔をして、そう切り出した後、孫六とふたりでおきよを助けたことから、その後も人攫い一味の者たちに襲われたことなどを話した。

平太の話が終わると、源九郎が男たちに目をやり、

「大増屋のあるじの宗兵衛が、長屋に来てな。娘の身を守ってもらいたい、と頼んできたのだ」

そう言って、懐から袱紗包みを取り出し、飯台の上に置いた。

その場にいた六人の男たちの目が、いっせいに袱紗包みに集まった。猪口や箸《はし》

を手にしたまま動きがとまっている。

「二百両ある」

源九郎が言った。

「に、二百両！」

茂次が目を剝いた。他の男たちも、息を呑んで袱紗包みを見つめている。

これまで、源九郎たちは依頼人から金をもらい、様々な事件や揉《も》め事の解決と始末にあたってきたが、二百両という大金は珍しかった。

男たちはいっとき袱紗包みを見つめていたが、

「大増屋の娘の身を守れば、いいんだな」

黙って聞いていた安田が、口をはさんだ。

安田ははぐれ長屋に越してきて、まだ一年と経っていない。安田は御家人の冷や飯食いだったが、兄が嫁をもらい、家に居辛くなって長屋に越してきたのだ。

安田はこれといった生業はなく、口入れ屋に出入りして仕事をみつけ、何とか暮らしていた。安田は大酒飲みで、長屋の住人たちから陰で飲兵衛十兵衛と呼ばれている。

暮らしぶりはだらしないが、安田は一刀流《いっとうりゅう》の遣い手だった。ならず者が相手の仕事にはうってつけの男である。

「そうだ。手を貸してくれれば、この金を分けることになる」

源九郎が言うと、

「やる！」

安田が声を上げた。

「あっしも、やりやすぜ」

茂次が、身を乗り出すようにして言った。

つづいて、孫六が、「おれもやる」と声を上げ、三太郎と平太がつづき、最後に菅井も、

「おれもやろう」

と、低い声で言った。菅井の顎のしゃくれた顔が酒気を帯びて赭黒く染まり、長髪が額にかかっていた。般若《はんにゃ》でも思わせるような不気味な顔である。

「では、二百両をみんなで分けることにする」

そう言って、源九郎は袱紗包みを解いて、切餅を取り出した。切餅は八つである。

「まず、この切餅を切らずに、ひとつずつ渡す」

源九郎が、切餅を手にして言った。

「そ、それを、ひとつ貰えるのか」

孫六がうわずった声で言った。

「ひとつずつ分けても、ひとつ残る」

源九郎はそう言った後、切餅を手にし、男たちの前にひとつずつ置いた。

六人の男は、自分の前に置かれた切餅を摑み、握りしめたり、眺めたりした後、巾着や財布にしまった。

源九郎は自分の切餅をしまってから、

「ひとつ、切餅が残っている」

そう言って、六人の男たちに目をやった後、

「いつものように、この金は、わしらの飲み代にしないか。切餅がひとつあれば、当分、金のことは心配せずに飲めるぞ」

と、言い添えた。いつもそうだった。手にした金は七人で分けてしまわないで、飲み代として、すこし残しておくのだ。

「それでいい」

安田が言うと、他の男たちも同意した。

「ありがてえ。懐は温《あつた》けえし、当分、金の心配はしねえでみんなと飲める」

孫六が、嬉しそうな顔をして言った。

それから、源九郎たちは夜遅くまで飲んだ。久し振りで仲間たちと飲む酒は、ことのほか旨かった。それに、飲み代は十分にあった。

亀楽から出ると、満天の星空だった。風のない静かな夜である。通り沿いの家々は夜陰につつまれ、ひっそりと寝静まっている。

源九郎と孫六が肩を並べて歩いていると、平太が後ろから身を寄せ、

「あっしは、諏訪町の親分にも、話しておきてえんで」

と、小声で言った。

浅草諏訪町に住む岡っ引きの栄造は、平太の親分である。それだけでなく、源九郎や孫六は、これまで栄造といっしょに多くの事件の解決に当たってきたのだ。

「平太、明日、いっしょに諏訪町へ行くか」

源九郎も、栄造に話しておきたかった。それに、栄造は娘を攫う一味の探索に乗り出しているかもしれない。

「行きやす」

平太が声を上げた。

第二章　人攫《ひとさら》い

一

源九郎が座敷で袴を穿《は》いていると、戸口に近寄ってくるふたりの足音がした。

足音は腰高障子のむこうでとまり、

「華町の旦那、いやすか」

と、孫六の声がした。

「いるぞ」

源九郎は急いで袴を穿き終えた。

腰高障子があいて、孫六と平太が顔を出した。源九郎たち三人は、これから諏訪町に住む岡っ引きの栄造のところへ行くことになっていたのだ。

「旦那、朝めしは食ったんですかい」

孫六が、源九郎に目をむけて訊《き》いた。出かける身支度ができているかどうか、見たらしい。

「食ったぞ。すぐに、長屋を出られる」

源九郎は上がり框《がまち》の方へ出てきた。

「行きやすか」

孫六が言った。

「そのつもりだ」

源九郎は、土間に下りてから手にした大刀を腰に差した。

源九郎たち三人は戸口から出ると、路地木戸に足をむけた。五ツ（午前八時）ごろだった。長屋のあちこちから女房や子供の声などが聞こえてきたが、亭主の声は、あまり聞こえなかった。この時間になると、多くの亭主は、仕事のために長屋を出ているのだ。

源九郎たち三人が井戸のそばまで行くと、お熊とおまつが、立ち話をしていた。お熊は、がらっぱちで口は悪いが、気立てのやさしいところもあった。

ふたりの女の足元に、手桶が置いてあった。ふたりは水汲みにきて井戸端で顔を合わせ、世間話を始めたらしい。

「おや、三人お揃いでどこへ」

　お熊が訊いた。

「所用で、そこまでな」

　源九郎は、足をとめなかった。お熊たちに何か話しかけると、この場から離れられなくなると知っていたのだ。孫六と平太も、何も言わずに通り過ぎた。

　源九郎の背後で、ふたりの女の笑い声が聞こえた。どちらかが、源九郎たちのことを種にして、何か剽《ひょう》げたことでも口にしたのだろう。

　源九郎たち三人は、振り返りもせずに路地木戸にむかった。

　三人は路地木戸の前の通りを竪川の方にむかい、川沿いの通りに出た。そして、大川の方にむかって歩き、一ツ目橋のたもとを通り過ぎた。

「華町の旦那、大増屋は店をひらいてやす」

　孫六が、川沿いにあった瀬戸物屋を指差して言った。

　瀬戸物屋にしては、大きな店だった。店先の台に、茶碗、小皿、湯飲みなどが並び、店内には、大皿、丼、鉢などが並べられていた。客の女房らしい年増《としま》がふたり、店の奉公人と話している。

源九郎たちは、大増屋の前で足をとめずに通り過ぎた。そして、大川にかかる両国橋を渡った。渡った先が、江戸でも有数の盛り場として知られている両国広小路である。水茶屋や見世物小屋などが並び、大勢の人が行き交っていた。

源九郎たちは賑やかな広小路を西にむかい、神田川にかかる浅草橋を渡った。渡った先が浅草茅《かや》町で、その通りは日光街道である。

源九郎たちは、日光街道を北にむかった。栄造は、浅草諏訪町で勝栄《かつえい》というそば屋をやっていた。捕物の探索にあたるときは、店は女房のお勝《かつ》にまかせるようだ。勝栄という店の名は、お勝と栄造という名から一字ずつとったという。

諏訪町に入って間もなく、源九郎たちは右手の路地に入った。その路地を一町ほど歩くと、勝栄があった。店先に暖簾《のれん》が出ている。

「店はひらいていやす」

孫六が言った。

「栄造はいるかな」

いなければ、三人でそばでも食べながら帰りを待つか、出直すかである。

源九郎たちは、暖簾をくぐって店に入った。店内はひっそりとして、客の姿はなかった。昼前のせいだろう。

「いらっしゃい」

奥の板場から、女の声がした。

下駄《げた》の音がし、すぐに色白の年増が姿を見せた。お勝である。赤い片襷《かただすき》をかけ、紺地の前だれをかけていた。岡っ引きの女房とは思えない色っぽさがある。

「華町の旦那、番場町《ばんばちよう》の親分、いらっしゃい」

お勝は、源九郎と孫六に声をかけ、平太には笑みを浮かべてうなずいた。平太は栄造の下っ引きとして、店に来ることがあったのだ。

お勝が孫六のことを番場町の親分と呼んだのは、孫六が岡っ引きをやめて、長屋に住むようになる前、本所の番場町で岡っ引きをしていたことを知っていたからだ。

「栄造親分は、いるかい」

孫六が訊いた。

「いますよ。いま、呼びますから」

お勝はそう言い残し、板場に入った。

お勝と入れ替わるように、板場から栄造が姿を見せた。歳は三十がらみ、浅黒い剽悍《ひょうかん》そうな顔をしていた。濡れた前だれをかけている。板場で水を使って洗い物でもしていたのだろう。

栄造は源九郎たちのそばに来ると、

「華町の旦那、孫六親分、お久し振りで」

と、声をかけた。平太には、ちいさくうなずいただけである。

「栄造に、訊きたいことがあってな」

源九郎が言った。

「ともかく、そこに腰を下ろしてくだせえ」

「そうするか」

源九郎たち三人は、板敷きの間の上がり框に腰を下ろした。

二

「実は、元町《もとまち》の瀬戸物屋の娘が攫《さら》われそうになってな。店のあるじに、娘を人攫いの手から守るよう頼まれたのだ」

源九郎が、話を切り出した。

「そうですかい」

栄造が、低い声で言った。虚空を睨《にら》むように見据えた双眸《そうぼう》に、強いひかりが宿っていた。腕利きの岡っ引きらしい目である。

栄造は、源九郎たちがはぐれ長屋の用心棒と呼ばれ、依頼人から金を貰《もら》って盗賊から店を守ったり、勾引《かどわ》かされた娘を助け出したりしていることを知っていた。いっしょに事件にあたったこともある。

「栄造、人攫い一味に、何か心当たりはあるかい」

孫六が訊いた。

「旦那たちが、頼まれた事件とつながってるかどうか、分かりやせんが、米沢町の呉服屋の娘が攫われやしてね。まだ、攫ったやつらの目星もついてねえんでさァ」

栄造が渋い顔をして言った。

その話は、源九郎も聞いていたが、

「攫われた娘は、十二歳と聞いたぞ」

と、念を押すように訊いた。

「あっしも、十二歳の娘と聞いていやす」

「まだ、男を知らない歳だな。……それで、人攫い一味から、身《み》の代金《しろきん》の要求はあったのか」

「人攫いから、何も言ってこないようです」

「吉原にでも、売り飛ばす気かな」

源九郎は首をひねった。女衒《ぜげん》のように攫った娘を吉原に売り飛ばしても、それほどの金は得られないだろう。

「攫った娘を、どうするつもりなのか、まだ、分からねえんでさァ」

栄造も、納得できないような顔をした。

源九郎たちが、そんな話をしているところへ、お勝が茶を運んできた。板場で、源九郎たちのために茶を淹《い》れてくれたらしい。

源九郎は茶を飲みながら、

「娘を攫われた呉服屋だが、倉沢屋だったな」

と、栄造に念を押した。倉沢屋で、その後の話を訊いてみようと思ったのだ。

「そうでさァ」

栄造が、旦那たちが倉沢屋に行くなら、あっしもお供しやしょう、と言い添えた。

「そうしてもらえば、助かるな」

源九郎は、栄造がいっしょなら、倉沢屋も攫われた娘のことを話してくれるだろうと思った。

源九郎たちの話がとぎれたとき、栄造は、「はっきりしやせんが」と前置きし、

「倉沢屋の他にも、娘がふたり攫われたと耳にしやした」

と、顔を厳しくして言った。

「なに！　他にもふたり、娘が攫われたと」

源九郎が、身を乗り出すようにして訊いた。その場にいた孫六と平太も、驚いたような顔をして栄造を見つめている。

「噂でしてね。はっきりしねえんでさァ。娘を攫われた親は、騒ぎ立てると、娘の命はねえと脅されているのかもしれやせん」

「うむ……」

源九郎は、女衒が娘を攫って吉原に売りとばすといった事件ではなく、仲間が大勢いる一味がかかわっているような気がした。

次に口をひらく者がなく、重苦しい沈黙につつまれたとき、

「ともかく、倉沢屋に行ってみやしょう」

と、栄造が言った。

それから、源九郎たちは、そばを頼み、腹拵《はらごしら》えをしてから勝栄を出た。

倉沢屋は、両国広小路に近い米沢町の表通り沿いにあった。土蔵造りの店で、通りでも目を引く大店《おおだな》だった。

倉沢屋は店をひらいていた。客が出入りしている。母親と娘のふたり連れ、商家の旦那ふうの男、供連れの武士などが、目にとまった。

源九郎たちが倉沢屋の戸口まで来ると、孫六が、

「あっしは、平太とふたりで、近所で聞き込んでみやす」

そう言って、平太を連れ、戸口から離れた。大勢で、店に入って話を聞くわけにはいかないと思ったようだ。

源九郎は、栄造とふたりで倉沢屋の暖簾をくぐった。

店内に入ると、土間の先が、ひろい売り場になっていた。売り場のあちこちで、手代が客を相手に反物を広げて話していた。また、反物の入った箱や客に出す茶を運んでいる丁稚《でっち》の姿も見えた。

源九郎と栄造が売り場の前に立つと、近くにいた手代が、

「いらっしゃいませ」

と言って、近付いてきた。源九郎たちを客と思ったらしい。

手代が上がり框近くに座ると、栄造が手代に身を寄せ、

「この店の娘さんのことで、訊きたいことがある」

と、小声で言って、懐から十手を覗《のぞ》かせた。

手代の顔から、拭い取ったように笑みが消えた。そして、源九郎と栄造を見上げ、

「お待ちください。番頭さんに、話してきます」

と言い残し、慌てた様子で帳場にむかった。

売り場の左手に、帳場があった。帳場格子のむこうに、番頭らしい男がいた。帳場机を前にして、算盤《そろばん》をはじいている。

手代は番頭らしい男のそばに行き、何やら話した。すると、番頭らしい男は立ち上がり、土間にいる源九郎たちに目をむけた後、腰をかがめた格好のまま土間の方へ出てきた。手代は、売り場にもどっている。

番頭らしい男は、源九郎たちの前に座り、

「番頭の房蔵《ふさぞう》でございます」

と、名乗った後、「どのようなご用件でしょうか」と小声で訊いた。

「この店の娘さんのことで、あるじの稲五郎《とうごろう》に訊きたいことがある」

栄造が声をひそめて言った。

房蔵は戸惑うような顔をしたが、

「お上がりになってください。奥の座敷で、お話をうかがいます」

そう言って、源九郎たちを売り場に上げた。

房蔵は、源九郎と栄造を帳場の奥にある小座敷に連れていった。その座敷は、上客のための売り場や接待の間になっているらしい。

「ここで、お待ちになってください。すぐに、あるじを呼んでまいります」

そう言い残し、房蔵は慌てた様子で座敷から出て行った。

源九郎と栄造が座敷で待つと、廊下を忙しそうに歩くふたりの足音がし、番頭の房蔵と四十代と思われる痩身の男が姿が見せた。痩身の男は、羽織に細縞《ほそじま》の小袖姿だった。顔に不安そうな表情がある。店のあるじの稲五郎であろう。

ふたりは座敷に入ってくると、源九郎たちの前に座し、

「てまえが、あるじの稲五郎で、ございます」

と、掠《かす》れた声で名乗った。顔がやつれ、膝の上に置いた手がかすかに震えている。

先に栄造が名乗り、つづいて源九郎が、

「わしは、ゆえあって、此度《こたび》の件にかかわった者だ」

と、言って、名だけ口にした。他に、言いようがなかったのである。

番頭もあるじの稲五郎も、何もいわなかった。御用聞きの栄造といっしょに来たので、源九郎のことを信じたようだ。

源九郎と栄造が名乗ると、稲五郎の脇に座っていた房蔵が、

「てまえは、店にもどります」

と、稲五郎に小声で言い、源九郎たちに頭を下げてから座敷を出ていった。

座敷に残った稲五郎が、

「娘の居所が、知れましたか」

と、栄造に縋《すが》るような目をむけて訊いた。

「まだ、知れねえ。……実は、この店の娘さんと同じように、別の店の娘が攫われたようなのだ。稲五郎は、その話を聞いてるかい」

栄造が言った。

「噂は耳にしましたが、どこの店の娘さんが攫われたのかも、聞いていません」

稲五郎が眉《まゆ》を寄せて言った。

「やっぱり、くわしいことは聞いてねえか」

栄造は、そうつぶやいた後、

「娘さんが攫われたときのことを、聞かせてくれ。ともかく、娘さんの居所を突き止めねえとな」

と、声をあらためて言った。

「は、はい」

稲五郎が、声をつまらせて応えた。

「娘さんが攫われたのは、何時《なんどき》ごろだい」

栄造が訊いた。

「娘のお初《はつ》が連れ去られたのは、暮れ六ツ（午後六時）前でございます」

稲五郎によると、お初は近所の下駄屋に下駄を買いにいくと言って店を出たきり、帰ってこなかったという。

「後で分かったのですが、お初が店を出ると、すぐに遊び人ふうの男がふたり、お初の跡を尾《つ》けたようです。そして、店から離れたところで、ふたりの男は、お初を両側から挟むようにして連れ去ったらしいのです」

稲五郎によると、近所の店の者が、お初が連れ去られるところを目にしたらしいが、そのときは、お初と分からなかったし、ふたりの男が人攫いとも思わなかったそうだ。

「その後、人攫い一味から、何も言ってこないのか」

源九郎が訊いた。

「何の話も、ありません」

「お初さんを連れ去ったふたりだが、何者か心当たりはないのか」

「ご、ございません」

稲五郎が、首を横に振った。

源九郎が、栄造に目をやり、「訊いてくれ」と小声で言った。

「そうか」

「お初さんだが、連れ去られる前に、見知らぬ男に声をかけられたとか、跡を尾けられたというようなことはないのか」

栄造が念を押すように訊いた。

「ご、ございます。連れ去られる三日前、男がずっと跡を尾けてきたので、怖かった、とお初が話しておりました。似たような話を前にもしたことがあるので、そのときは、あまり気にしなかったのですが……」

稲五郎が、声をつまらせて言った。そのとき、何の手も打たなかったことが、悔やまれるのであろう。

それから、源九郎と栄造は小半刻（三十分）ほど話し、

「お初さんは、なんとしても連れもどす」

そう言って、源九郎が腰を上げた。

三

源九郎と栄造が倉沢屋から出ると、店の脇で孫六と平太が待っていた。孫六と平太は、後ろからついてくる。

「歩きながら話すか」

源九郎がそう言って、表通りを両国広小路の方へむかって歩きだした。

源九郎が倉沢屋のあるじから聞いたことを一通り話した後、

「孫六たちも、何か知れたか」

と、歩きながら訊いた。

「てえしたことじゃァねえが、攫われたお初の噂を耳にしやした」

孫六が言った。

「話してくれ」

「お初は界隈《かいわい》じゃァ評判の器量よしで、米沢小町《こまち》などと呼ぶ者もいたそうでさァ」

「米沢町の小町娘か」

源九郎がそう言ったとき、孫六の脇にいた平太が、

「人攫いは、評判の器量よしを狙っているのかもしれねえ」

と、昂《たかぶ》った声で言った。

「おめえが、後をおいまわしている大増屋のおきよも、器量がいいからな。おきよは、元町小町かい」

孫六が、口許に薄笑いを浮かべて言った。

そんなやり取りをしている間に、源九郎たちは賑やかな両国広小路に出た。すると、栄造が足をとめ、

「あっしは、諏訪町に帰《けえ》りやすが、旦那たちはどうしやす」

と、源九郎に訊いた。

「わしらは、長屋にもどるか」

源九郎は、諏訪町に行ってもやることがないと思った。

源九郎たちはその場で栄造と別れ、両国広小路を両国橋の方へむかった。今日はこのままはぐれ長屋に帰るつもりだった。

源九郎たちは、広小路から竪川沿いの通りに出た。その辺りから、本所元町である。川沿いの道を東にむかっていっとき歩くと、通りの右手に大増屋が見えてきた。いつもと変わりなく、店をひらいている。

源九郎たちが大増屋の近くまで来ると、

「あっしは、大増屋に寄っていきやす」

平太が何か思いついたような顔をして言った。

「平太、大増屋に何か用でもあるのかい」

孫六が、口元に薄笑いを浮かべて言った。

「用はねえが、おきよに変わりはねえか、訊いてみやす」

「そうかい」

孫六は、さらに何か言おうとしたが、口をつぐんだ。茶化しているような場合ではないと思ったのだろう。

「平太、わしらは先に長屋に帰るぞ」

源九郎はそう言い残し、足早に平太から離れた。

慌てて源九郎の後を追ってきた孫六が、

「旦那、平太のやつ、おきよにほの字ですぜ。顔を見たくなって、大増屋に寄る気になったにちげえねえ」

そう言って、後ろを振り返った。

「いいではないか。平太は、わしらとちがって若いんだ。それに、相手は評判の器量よしだからな。好きになってあたりまえだ」

「ほっといて、やりやすか」

「それがいい」

源九郎と孫六は、足を速めた。はぐれ長屋まで、すぐである。

源九郎と孫六が長屋の路地木戸をくぐり、源九郎の家の近くまで行くと、家のなかからかすかに男の声が聞こえた。

「華町の旦那、だれかいやすぜ」

孫六が言った。

「そのようだ」

聞こえてきたのはかすかな声だったので、源九郎にもだれがいるか分からなかった。

戸口に近付くと、菅井と茂次の声だと知れた。どうやら、ふたりは源九郎たちが帰るのを待っているようだ。源九郎が腰高障子をあけると、座敷のなかほどに菅井と茂次が腰を下ろして話していた。

「おお、華町、帰ってきたか」

菅井が声を上げた。

源九郎と孫六はすぐに座敷に上がり、菅井たちの前に腰を下ろした。源九郎は菅井のまわりに目をやったが、将棋盤はなかった。将棋をやりに来たのではないようだ。

「菅井、何かあったのか」

源九郎が訊いた。

「お熊たちに聞いたのだが、気になってな。華町たちの耳に入れておいた方がいいと思って来たのだ」

「何が気になるのだ」

「おくらがな、路地木戸を出たところで、ふたりの遊び人ふうの男につかまって、いろいろ訊かれたようだ」

　おくらは、長屋に住む日傭取《ひようと》りの女房である。

「どんなことを、訊かれたのだ」

「平太のことらしい」

「平太だと！」

　源九郎の声が大きくなった。ふたりの遊び人ふうの男は、人攫い一味だ、と源九郎は気付いた。ふたりは、平太が長屋の住人であることも、おきよの身を守ろうとしていることも知っているらしい。

「どうしやす」

　茂次が訊いた。

「平太に、暗くなったら出歩くな、と言っておこう。それに、おきよとふたりで、外に出るな、と念を押しておかないとな」

　源九郎は、人攫い一味の目が大増屋だけでなく、はぐれ長屋にもむけられていることを察知した。

四

源九郎の家に、七人の仲間が集まっていた。栄造とともに倉沢屋へ行って話を聞いた翌日である。源九郎が茂次と孫六に頼んで、仲間たちを集めてもらったのだ。

「亀楽ではなく、ここに集まってもらったのは、日を置かずにみんなの耳に入れておきたかったからだ」

源九郎が切り出すと、

「人攫い一味が、この長屋にも目をつけたようなんだ」

脇から、孫六が言い添えた。

「詳しく、話してくれ」

安田が言った。

「実は、人攫い一味の者が、長屋の路地木戸の前で、平太のことを訊いたようだ。……訊いたのは、平太のことだけらしいが、いずれわしらのことも耳に入る」

源九郎が言うと、

「そうみた方がいいな」

すぐに、菅井が言い添えた。

次に口をひらく者がなく、座敷は重苦しい沈黙につつまれたが、

「そうかといって、長屋に引きこもっているわけにはいかないぞ。大増屋からは、二百両もの大金をもらっているからな」

厳しい顔をして、安田が言った。

「あっしは、もう返《けえ》せねえ。お梅の着物を買っちまったんでさァ」

茂次が言うと、

「おれも、飲み代に使った」

と、安田がつづいて言った。

「金を返すことはない。それより、一日も早く人攫い一味にかかわっている者をつかまえて、口を割らせることだ」

人攫い一味の正体が知れ、隠れ家が分かれば、町方に話して捕縛することもできる、と源九郎は思った。

「どうやって、一味の者を捕らえる」

菅井が男たちに目をやって言った。

「大増屋の近くに張り込んで、姿を見せたら押さえやすか」

孫六が言った。

「それも手だが……」

源九郎はそうつぶやいたとき、妙案が浮かんだ。

「いい手があるぞ」

源九郎が声高に言った。

「いい手とは」

菅井が訊くと、座敷にいた男たちが身を乗り出すようにして源九郎に目をむけた。

「平太に囮《おとり》になってもらうのだ」

「なんだ、囮とは」

「平太にな、頻繁に大増屋に行ってもらって、夕方、店じまいしてから大増屋を出てもらう」

「それでどうするのだ」

菅井が訊いた。

「人通りのすくない道を通って、長屋に帰ってもらうのだ。……そうだな、すこしまわり道になるが、亀楽に行く道を通り、そこから長屋に帰ってもらうか」

「人攫い一味に襲われたらどうなりやす」

平太が、不安そうな顔をして訊いた。

「心配するな。わしらが、分からないように平太の跡を尾けてな。人攫い一味が、あらわれたら襲って捕らえる」

「おもしろい。おれの居合で、人攫い一味をあの世へ送ってやろう」

菅井が目をひからせて言った。

「駄目だ。斬らずに、峰打ちで仕留めるのだ。生かしておいて、一味の隠れ家を吐かせねばならない。攫った娘のいる場所を吐かせて、娘たちを助け出すのだ。それに、一味の頭目が何者なのかも知りたい」

源九郎が、男たちに目をやって言った。

「やりやしょう」

平太が声を上げた。

「平太、言っておきたいことがある」

源九郎が平太に目をむけた。

「なんです」

「相手が何者か、まだはっきりしない。下手に、おきよを守ろうとして、一味の者たちに歯向かうと命はないぞ」

源九郎が、静かだが強いひびきのある声で言った。一味の者たちは、容赦なく平太を殺すだろう。

「へえ……」

平太が首をすくめた。

「平太、足を使え。一味の者があらわれたら、走って逃げるのだ」

源九郎が言った。

「走るのなら、だれにも負けませんや」

「後は、わしらに任せてくれ」

そう言って、源九郎が座敷にいる男たちに目をやると、男たちがうなずいた。やる気になっている。

話が済むと、孫六が、

「これで、家に帰《けえ》るんですかい。……物足りねえな」

そう言って、舌で唇を嘗《な》めた。どうやら、酒を飲みたくなったらしい。

「貧乏徳利に酒があるが、わしの飲む分しかないぞ」

源九郎が、今夜飲もうと思い、とっておいた酒である。

「おれのところにもあるぞ」

安田が声高に言った。

すると、茂次や三太郎たちが、家に酒があると口々に言った。

「それなら、酒を持ち寄って一杯やろう」

源九郎が、声を上げた。

五

陽は西の家並のむこうに沈んでいた。そろそろ暮れ六ツの鐘が鳴るころだった。川沿いに植えられた柳の樹陰や家の軒下などに、淡い夕闇が忍び寄っている。

通り沿いの店が、商いを終えて店仕舞いを始めたらしく、表戸をしめる音があちこちから聞こえてきた。

源九郎、菅井、孫六の三人は、竪川にかかる一ツ目橋のたもとにいた。岸際に植えられた柳の樹陰に身を隠し、大増屋に目をやっていた。平太が店から出てくるのを待っていたのである。

いっときすると、大増屋も店仕舞いを始めた。奉公人が、店先の台に並べられた茶碗や小皿などを店内に運んでいる。

「出てきた！」

孫六が、大増屋を指差して言った。

店から平太が出てきた。店の戸口に、若い娘の姿が見えた。おきよであろう。おきよが、平太を見送っているらしい。

平太は足をとめ、振り返って店に目をやったが、すぐに歩きだした。そして、竪川沿いの通りを東にむかった。

平太が、源九郎たちが身を潜めている前を通り、半町ほど歩いたときだった。

「華町、見ろ」

と、菅井が言い、大増屋の方を指差した。

ふたりの男が、こちらに歩いてくる。

「やつらだ！」

孫六が、身を乗り出して、おきよを攫おうとしたやつらでさァ、と言い添えた。

「あのふたりが、人攫い一味だな」

源九郎がふたりを見すえて言った。

「跡を尾けやしょう」

孫六が、その場から飛び出そうとした。

「待て！　もうすこし、離れてからだ」

源九郎は、孫六の肩に手を当てて、飛び出すのをとめた。

ふたりの男は源九郎たちの前を通り、川沿いの道を東にむかった。そのふたりの一町ほど先に、平太の姿があった。平太は後ろを振り返って見ることもなく、川沿いの道を歩いていく。

平太は竪川沿いの道をいっとき歩いてから、左手の道に入った。その道を行くと、亀楽の近くに出る。

ふたりの男の足が、急に速くなった。平太の姿が見えなくなったからだろう。

源九郎たちも、足を速めた。

「やっぱり、やつら、平太を襲う気ですぜ」

孫六が、足早に歩きながら言った。

「そうみていいな」

源九郎も、前を行くふたりの男は、平太を狙っているとみた。

「華町、走るぞ」

菅井が言って、走りだした。

「よし！」

源九郎と孫六も、走りだした。

走るといっても、源九郎と孫六は早足で歩くのとあまり変わらなかった。源九郎は老齢だし、孫六は左足が悪い。

源九郎と孫六は喘《あえ》ぎながら走り、平太とふたりの男が入った路地まで行くと、平太たちの後ろ姿が見えた。

ふたりの男の前方に、平太の姿があった。平太はふだんと変わりなく歩いていく。

「うまくおびき出したな」

源九郎が、足早に歩きながら言った。この路地の先で、安田たちが待っているはずである。背後から行く源九郎たちと挟み撃ちにする策をたて、平太にこの道に入るように話してあったのだ。

路地は、薄暗かった。路地沿いにある店も、表戸をしめてひっそりとしている。通行人の姿は、ほとんどなかった。ときどき、遅くまで仕事をしたらしい出職の職人や仕事帰りに一杯ひっかけた男などが、通りかかるだけである。

そのとき、前をいく平太の足が急に速くなった。すると、後ろのふたりの男が走りだした。平太に逃げられる前に、摑《つか》まえようと思ったのだろう。

後ろから行く源九郎たちも、足音をたてないように走った。

そのときだった。路地沿いの家の陰から男たちが飛び出し、ふたりの男の前に立ちふさがった。飛び出したのは、安田、茂次、三太郎の三人だった。ここで、待ち伏せしていたのだ。

ふたりの男は、ギョッとしたように立ち竦《すく》んだが、逃げ場を探すように周囲に目をやった。

これを見た源九郎が、

「走るぞ！」

と、声を上げ、菅井と孫六とともに走りだした。

ふたりの男は源九郎たちに気付き、戸惑うような素振りを見せたが、近くに逃げ場がなかったらしく、路地沿いにあった小体《こてい》な店を背にして立った。その店は、表戸をしめていた。ふたりの男は、懐から何かを取り出した。匕首《あいくち》らしい。薄闇のなかで、青白くひかっている。

ふたりの男の前に、安田たち三人が立ちふさがった。そこへ、源九郎たち三人が駆け付けた。源九郎と孫六はすこし身を引いて腰をかがめ、苦しげに息をついた。走ってきたせいで、息が切れたのである。

ふたりの男の前に立ったのは、菅井と安田だった。

「てめら！　伝兵衛店のやつらだな」

大柄な男が怒鳴った。この男が、兄貴格かもしれない。

「おまえたちは、人攫い一味か」

菅井が言った。菅井は腰を沈め、左手で刀の鞘《さや》の鯉口《こいぐち》近くを握り、右手を柄《つか》に添えた。居合の抜刀体勢をとったのである。

安田も、もうひとりの浅黒い顔をした男の前に立ち、刀を抜く気配を見せていた。

「おれたちを、待ち伏せしてやがったな」

大柄な男が叫びざま、手にした匕首を顎《あご》の下に構えて踏み込んできた。

「死ね！」

叫びざま、大柄な男が匕首で菅井に斬りつけようとした。

刹那《せつな》、シャッという抜刀の音がし、菅井の腰の近くから稲妻のような閃光《せんこう》が逆《ぎやく》袈裟《げさ》に走った。次の瞬間、大柄な男の手にした匕首が虚空に跳んだ。男の右の二の腕から、血が迸《ほとばし》り出ている。

菅井は居合の抜刀の一撃で、匕首を手にした男の右腕を斬ったのだ。

この間に、安田も浅黒い顔の男をしとめていた。踏み込みざま、匕首をつかんでいる男の右の前腕に斬り付けたのだ。前腕の傷口から、血が赤い筋を引いて流れ落ちている。ただ、骨を切断するほどの深い傷ではなかった。男の右腕は、動くようだ。

そこへ、茂次、三太郎、それに孫六が走り寄り、ふたりの男に縄をかけた。孫六の息は収まっている。

ふたりに縄がかけられたとき、平太がその場にもどってきた。

「平太、このふたりに見覚えがあるか」

と、源九郎が訊いた。

「ありやす。こいつらは、おきよを連れ去ろうとした三人のうちのふたりです」

平太が昂った声で言った。

「どうする、このふたり」

脇から、菅井が訊いた。

「長屋に連れていって、話を聞くつもりだ」

源九郎は、ふたりが口を割れば、人攫い一味の様子が知れるとみた。

六

その夜、源九郎たちは、捕らえたふたりの男をはぐれ長屋の源九郎の家に連れ込んだ。ただ、夜がだいぶ更けていたし、源九郎たちはひどく疲れていたので、ふたりから話を訊くのは明日からということにした。

その夜、念のため、源九郎の家に菅井も泊まった。そして、翌朝、ふたりが遅くなって目を覚ますと、戸口に近付いてくる足音がし、腰高障子があいて平太と茂次が入ってきた。ふたりは、握りめしの入った丼を手にしていた。源九郎と菅井のために、持ってきてくれたようだ。おそらく、握りめしを用意したのは、平太の母親のおしずと茂次の女房のお梅であろう。

「いま、起きたんですかい」

茂次が呆《あき》れたような顔をした。

「握りめしか」

菅井が立ち上がって言った。

「ふたりから話を訊くのは、めしを食ってからにしやすか」

茂次が、源九郎に訊いた。

「そうだな」

源九郎が、捕らえたふたりに目をやってから立ち上がった。

捕らえたふたりは、座敷の隅の柱に縛り付けられていた。ふたりは目を覚ましていたが、ぐったりしていて何も言わなかった。

傷を負ったふたりの腕には、手拭いが巻きつけられている。その手拭いがどっぷりと血を吸って、赭黒《あかぐろ》く染まっていた。ただ、鮮血の色は、わずかだった。出血がとまってきたのだろう。

源九郎と菅井は、夜具を座敷の隅に押しやってから、流し場に行き、小桶に水を汲んで顔を洗った。

そして、湯飲みに水桶の水を汲んで座敷にもどった。お茶がわりに水を飲みながら、握りめしを食べようと思ったのだ。

「うまいな」

源九郎が言った。腹が減っていたので旨《うま》かった。

「茶があると、もっと旨いのだがな」

そう言いながらも、菅井は握りめしをふたつ、一気に食べ終えた。

源九郎と菅井が握りめしを食べ終えたところに、安田、孫六、三太郎の三人が入ってきた。これで、仲間の七人が顔をそろえたのだ。

「さて、ふたりから話を訊くか」

源九郎がそう言い、部屋の隅にいるふたりの男の前に立った。

菅井たち六人は源九郎の後ろに腰を下ろし、ふたりの男に目をやった。この場は、源九郎にまかせようと思ったようだ。

源九郎は、ふたりのなかでは兄貴格と思われる大柄な男に体をむけ、

「おまえの名は」

と、穏やかな声で訊いた。

男は顔をしかめただけで、何もいわなかった。昨夜は眠れなかったらしく、男の顔に濃い疲労の色があった。

「名は！」

源九郎が語気を強くした。

「み、峰造《みねぞう》でさァ」

男が声をつまらせて言った。

「おまえの名は」

源九郎が、もうひとりの男に顔をむけて名を訊いたが、すぐには口をひらかなかった。すると、平太が、

「この男は、浅次郎です」

と、口を挟んだ。以前、おきよといっしょに襲われたときに、平太は浅次郎という名を耳にしていたのだ。

「浅次郎、おきよを攫うつもりで、大増屋に来たのだな」

源九郎が浅次郎に訊いた。

浅次郎は戸惑うような顔をしたが、

「そ、そうで」

と、首をすくめて言った。平太や源九郎たちに、おきよを攫おうとしていることを知られているので、これ以上ごまかせないと思ったようだ。

「おきよを攫って、どうするつもりだったのだ」

源九郎が浅次郎を見すえて訊いた。

「わ、分からねえ。あっしは、兄《あに》いに手を貸せと言われて、ついてきただけでさア」

浅次郎が首をすくめて言った。

「峰造に言われたのか」

「へえ」

浅次郎は応えた後、横目で峰造の顔を見た。峰造を気にしているようだ。

「峰造、おきよを攫ってどうするつもりだったんだ」

源九郎が、峰造を見すえて訊いた。

「あ、あっしも、くわしいことは、聞いてねえんで……。五助《ごすけ》兄いは、器量のいい娘は金を生むといってやした」

「五助という男は」

「両国広小路界隈で幅を利かせている、あっしらの兄いでさァ」

峰造がそう言ったとき、源九郎の脇にいた平太が、

「亀楽の近くで、おきよを襲ったときにいた男だな」

と、声高に言った。

すると、孫六が、

「そういえば、おめえたちに指図していた男がいたな」

と、口をはさんだ。孫六も、おきよが襲われたときに、三人の姿を目にしてい

たのだ。

「五助という男の塒《ねぐら》は、どこだ」

源九郎が語気を強くして峰造に訊いた。

「塒は知らねえが、小料理屋の情婦《いろ》のところにいることが多いようでさァ」

「その小料理屋は、どこにある」

「薬研堀《やげんぼり》で」

峰造が、元柳橋のたもと近くにある桔梗屋《ききようや》という小料理屋だと話した。

「桔梗屋な」

源九郎は、それだけ分かれば、小料理屋はつきとめられると思った。

源九郎が峰造の前から身を引くと、

「倉沢屋の娘が、いなくなったのを知ってるな」

孫六が峰造を見すえて訊いた。

峰造は戸惑うような顔をして、すぐに答えなかったが、

「知ってやす」

と、小声で言った。

「お初という娘を攫ったのは、おめえたちじゃァねえのかい」

孫六の低い声には、番場町の親分と呼ばれた腕利きの岡っ引きだったころを思わせるような凄《すご》みがあった。

「ちがう、おれたちじゃァねえ」

峰造が向きになって言った。

「それじゃァ、だれが倉沢屋の娘を攫ったんだい」

「浅草で幅を利かせている男たちだと、聞きやした」

「そいつらの名は」

「ひとりは、権八《ごんぱち》と聞きやした」

「権八な」

孫六は、それだけ訊くと身を引いた。諏訪町の栄造に訊けば、権八のことは知れると思ったのだろう。

それで、源九郎たちの峰造と浅次郎に対する訊問《じんもん》は終わった。

「このふたり、どうする」

菅井が源九郎に訊いた。

「様子をみて、栄造に引き渡すか」

源九郎は、栄造が峰造と浅次郎から話を訊いた後、南町奉行所の定廻り同心の村上彦四郎《むらかみひこしろう》にふたりを引き渡すだろうと踏んだ。これまで、源九郎や栄造は村上の手を借りたり、捕縛した下手人を引き渡したりしてきたのだ。

七

「華町、将棋でもやるか」

菅井が生欠伸《なまあくび》を噛み殺して言った。

源九郎の家だった。座敷に、源九郎と菅井の他に茂次がいた。座敷の隅には、手足を縛られた峰造と浅次郎が横になっている。

七ツ（午後四時）ごろだった。峰造と浅次郎を訊問した後、孫六と平太のふたりは、浅草諏訪町にむかった。ふたりは、栄造に捕らえた峰造と浅次郎のことを話しにいったのだ。いつまでも、峰造たちを長屋に監禁しておけないので、栄造に引き取ってもらうのである。

「将棋をやる気にはなれんな」

それに、源九郎はすこし疲れていた。昨日、峰造たちを捕らえるために動きまわり、今日は朝から捕らえたふたりを訊問していた。ゆっくり休む間がなかったのである。

「菅井、すこし横になって昼寝でもしないか」

源九郎がそう言ったときだった。

戸口に走り寄る足音がした。そして、声もかけずに腰高障子をあけ放った。飛び込んできたのは、三太郎だった。

「た、大変だ！」

三太郎が、目を剝《む》いて言った。

「どうした、三太郎」

思わず、源九郎は立ち上がった。

「な、何人も、長屋に押し込んできやす！」

「だれが、押し込んでくるのだ」

「分からねえ！　ならず者らしいのが、四人いやす。それに、二本差しがふたり」

三太郎によると、六人の男が路地木戸から入ってきて、井戸端にいた女房連中に、源九郎の家を訊いていたという。

「峰造たちの仲間か！」

源九郎が声高に言った。

「峰造たちを助けにきたのだな」

菅井は、脇に置いてあった刀を手にして立ち上がった。

「三太郎、安田の家にいって、呼んできてくれ」

源九郎は安田の手を借りようと思った。

「承知しやした」

言いざま、三太郎は戸口から飛び出していった。

「菅井、家の外で迎え撃つぞ」

源九郎も、刀を手にした。狭い家のなかでやりあったら、まともに刀をふるうこともできないとみたのだ。

源九郎と菅井は、腰高障子をあけて外に出た。つづいて、茂次も飛び出した。

茂次の顔がこわばっている。

「茂次、戸口から離れていろ。敵は大勢だ。ここで、取り囲まれたら逃げ場がないぞ」

源九郎が言った。

「旦那、あっしもやりやす」

「駄目だ。武士がふたりいるらしい。茂次は三太郎とふたりで、押し込んできたやつらの後ろから、石でも投げてくれ」

源九郎は、菅井と安田の三人で敵を迎え撃とうと思った。

「へい!」

茂次が戸口から走りだした。

「くるぞ!」

菅井が、長屋の井戸の方へ顔をむけて言った。こちらに、走ってくる何人もの足音が聞こえた。

そのとき、源九郎の家のある棟の脇から走ってくる三太郎と安田の姿が見えた。

ふたりは、源九郎と菅井のそばに走り寄り、

「さ、三太郎から、話は聞いたぞ」

安田が、荒い息を吐きながら言った。

「三人で、迎え撃つ」

源九郎が言うと、

「おもしろい、久し振りに刀をふるえるな」

安田が目をひからせて言った。

「三太郎、この場から離れ、茂次とふたりで石でも投げてくれ」

源九郎が、茂次のむかった先を指差した。

「きたぞ！」

菅井が声を上げた。

井戸端の方で聞こえた足音が大きくなり、何人もの人影が見えた。六人――。

牢人ふうの武士がふたりいる。

六人は、足早にこちらにむかってきた。おそらく、井戸端にいた長屋の住人から源九郎の家がどこにあるか聞いたのだろう。

「すこし、離れるぞ」

源九郎が菅井と安田に目をやって言った。

長屋の家の戸口は狭かった。三人が刀を抜いて、敵とやり合う広さはない。下手に刀を振りまわすと同士討ちになるのだ。

源九郎、菅井、安田の三人はすこし離れて、刀をふるえるだけの間をとった。

そこへ、六人の男が、ばらばらと走り寄った。

「おい、二本差しが、三人もいるぞ！」

赤ら顔の三十がらみと思われる男が、声高に言った。どうやらこの男が、六人のまとめ役らしい。

っている。

「手筈《てはず》どおりやればいい」
源九郎の前に立った長身の武士が言った。面長で、細い目をしていた。顎《あご》が尖《とが》
っている。
菅井の前には、中背の武士が立った。安田の前に立つ男は、小袖を裾高に尻《しり》っ
端折《ぱしょ》りし、長脇差《ながわきざし》を手にしていた。武士というより渡世人のような格好である。
他の三人は、家の戸口の脇にまわり込んだ。源九郎たちの動きを見て、脇から
襲う気かもしれない。
「やっちまえ！」
赤ら顔の男が、声をかけた。

八

源九郎の前にたった長身の武士は、刀を抜くと青眼に構えた。源九郎も、相青
眼に構えをとった。
ふたりの間合は、およそ三間――。まだ、一足一刀の斬撃の間境の外である。
……手練《てだれ》だ！
と、源九郎はみてとった。

長身の武士の切っ先は、源九郎の目線につけられていた。隙がなく、どっしりと腰が据わっている。

長身の武士の顔にも、驚きの色があった。年寄りと侮っていた源九郎の構えに隙がなく、剣尖《けんせん》が眼前に迫ってくるような威圧感があったからだ。

「やるな」

長身の武士が、源九郎を見すえて言った。

源九郎は全身に気勢を漲《みなぎ》らせ、斬撃の気配を見せながら気魄《きはく》で敵を攻めた。長身の武士も間合をつめず、気魄で攻めてきた。源九郎の構えをくずしてから、斬り込もうとしているのだ。

源九郎と長身の武士は動かず、敵を威嚇《いかく》する気合も発しなかった。ふたりは斬撃の気配を見せて、気魄で攻めあっている。気と気の攻防といっていい。

このとき、菅井は中背の武士と対峙《たいじ》していた。

中背の武士は八相に構え、菅井は刀の柄に右手をかけていた。菅井と中背の武士の間合は、三間ほどあった。居合を遣う菅井にとっては、かなりの遠間《とおま》である。

菅井は左手で刀の鯉口を切り、右手で鍔元を握った。そして、腰を沈めた。居合の抜刀体勢をとったのである。

菅井は、足裏を摺《す》るようにしてジリジリと間合を狭め始めた。

一方、中背の武士は八相に構えたまま動かなかった。隙のない大きな構えだったが、一撃必殺の気魄がなかった。

菅井は抜刀体勢をとったままますこしずつ中背の武士に身を寄せ、抜き付けの一刀をはなつ間合に近付いていく。

ふいに、中背の武士が身を引いた。菅井が斬撃の間合に入るのを恐れたようだ。かまわず、菅井は中背の武士との間合をつめていく。

安田は、渡世人ふうの男と対峙していた。安田は青眼に構え、渡世人ふうの男は、両手で握った長脇差を前に突き出すように構えていた。隙のある構えだが、全身に一撃必殺の気魄があった。やくざ同士の喧嘩《でいり》のなかで、ひとを斬った経験があるのだろう。

「やろう、殺してやる！」

男が叫び、安田にむけた切っ先を上下に動かし始めた。

だが、男は安田との間合をつめようとしなかった。腹のなかでは、安田を恐れているのかもしれない。

「いくぞ」

安田が声をかけ、男との間合をつめ始めた。

男は間合をとったまま後じさった。やはり、安田から逃げようとしているようだ。

安田は男との間合を詰めるために戸口から離れた。

そのとき、家の戸口の脇にいた顔の浅黒い男が、スッと戸口に近寄り、腰高障子をあけて家のなかに入った。

安田は男の動きに気付かなかった。渡世人ふうの男との間合をつめ、青眼から斬り込む気配を見せていた。

ギャッ！　という悲鳴が、家のなかから聞こえた。そして、何か重い物が倒れるような音がした。

その悲鳴は、安田とすこし離れた場所にいた源九郎の耳にも入ったが、長屋に押し込んできた男の悲鳴だと思った。

すぐに、家に踏み込んだ男が、あいたままになっていた腰高障子の間から飛び

出してきた。そして、戸口から離れると、

「始末がつきやしたぜ！」

と、声を上げた。

源九郎と対峙していた長身の武士は、家から飛び出してきた男の声を聞くと、

「勝負はあずけた」

と言いざま、すばやい動きで後じさった。そして、源九郎との間があくと、抜き身を手にしたまま反転して、路地木戸の方へ走りだした。

菅井と対峙していた武士も、家から聞こえた声を耳にすると、八相に構えたまま素早い動きで後じさった。そして、反転すると、長身の武士の後を追った。逃げたのである。

安田と対峙していた渡世人ふうの男も、家の脇にいた男たちも反転して路地木戸の方へ走りだした。

源九郎や菅井たちは、その場につっ立ったまま逃げていく男たちの背に目をやった。あまりに呆気《あつけ》なく逃げ出したので、狐につままれたような気がしたのだ。

そのとき、戸口から家のなかを覗いた安田が、

「おい、峰造たちが殺《や》られたぞ！」

と、声を上げた。

源九郎たちは、すぐに戸口に走り寄り、家のなかに入った。座敷の隅の柱に縛りつけられていた峰造と浅次郎の首が垂れていた。ふたりのまわりに血が激しく飛び散り、赤い花弁を敷き詰めたようだった。

「死んでる」

菅井が顔をしかめた。

「やつら、峰造たちを助けに来たのではない。殺しにきたのだ」

安田が目を剝いて言った。

「口封じだな」

源九郎は、ふたりの死体に目をやって顔をしかめた。

「踏み込んできたやつらは、人攫い一味か」

菅井が言った。

「そうみていいな」

源九郎は、武士がふたりも、人攫い一味にくわわっていることから、大物が一味を束ねているような気がした。

第三章　黒幕

一

「あいつら仲間を殺しゃァがって」

孫六が掃き捨てるように言った。

峰造と浅次郎が、長屋に踏み込んできた仲間に殺された翌日だった。源九郎の家に、七人の仲間が集まっていた。

八ツ（午後二時）ごろだった。源九郎たちは、朝のうちに殺されたふたりを回《え》向院《こういん》まで運び、無縁仏として埋葬して帰ってきたところだった。

「一味を手繰る手掛かりが、切れちまったな」

茂次が言った。

「いや、手掛かりはある。五助だ」

源九郎が言うと、座敷にいた男たちの視線が源九郎に集まった。

「五助なら、人攫《ひとさら》い一味のことを知っているはずだ」

「五助は、おきよを襲ったひとりですぜ」

平太が身を乗り出すようにして言った。

「殺された峰造が、五助は薬研堀にある小料理屋の情婦《いろ》のところにいると言ってやしたぜ」

孫六が脇から口をはさんだ。

「小料理屋の名は、桔梗屋だったな」

源九郎が言った。

「それだけ分かりゃァ、すぐに突き止められやすぜ」

孫六が身を乗り出すようにして言った。

「これから、薬研堀に行きやすか」

茂次が訊《き》いた。

「そうだな」

源九郎は行く気になった。薬研堀は遠くなかった。大川にかかる両国橋を渡れば、すぐである。

「七人もの大勢で行くことはないぞ。峰造は、権八という男のことも口にしていたではないか」

菅井が言った。

峰造は、倉沢屋のお初を攫った男たちのなかに、浅草で幅を利かせている権八という男がいると話したのだ。

「どうだ、浅草と薬研堀に行く者に分かれないか」

源九郎が言うと、男たちはすぐに承知した。

「わしと孫六、それに三太郎の三人で浅草に行く。菅井と茂次とで、薬研堀に行ってくれないか」

源九郎は浅草界隈《かいわい》を探るのには、栄造の手を借りるのが早いと思い、三人で行くことにしたのだ。

また、菅井はふだん両国広小路で居合抜きの見世物をしているので、広小路から近い薬研堀界隈のことも知っているはずである。

「おれたちふたりは、どうするのだ」

安田が訊いた。

「大増屋のことが気になる。平太といっしょに行って、その後何事もないか、訊いてみてくれ」

源九郎が言うと、

「大増屋に行きやす」

と、平太が声高に言った。平太は、おきよのことが気になっているにちがいない。

安田は、渋い顔をしてうなずいただけだった。

「これから、近くのそば屋で、腹拵《はらごしら》えをしてから行くか」

源九郎が言うと、すぐに六人は承知した。源九郎たちは、まだ昼飯を食ってなかったのだ。

源九郎は、勝栄で昼飯をとることも考えたが、今日は仲間たちといっしょに食うことにした。

源九郎たちは、急いで長屋を出た。そして、竪川沿いにむかう途中の道沿いにあるそば屋に立ち寄って腹拵えをした。

源九郎、孫六、三太郎の三人は、両国広小路から浅草橋を渡り、日光街道を北にむかった。そして、浅草諏訪町に入り、そば屋の勝栄に立ち寄った。勝栄の暖簾《のれん》をくぐると、お勝が顔を出した。

「親分はいるかい」

孫六がお勝に声をかけた。

「すぐ、呼びます」

お勝は、板場にもどり、栄造を呼んできた。

栄造は前だれで、濡れた手を拭きながら出てきた。店を手伝っていたらしい。

孫六が栄造に身を寄せ、

「訊きたいことがあるのだ」

と、小声で言った。土間の先の板敷きの間に客の姿があったので、聞こえないように気を使ったらしい。

「小座敷で、話を訊きやしょう」

栄造は、板敷きの間の奥にある小座敷に源九郎たちを連れていった。そこは、ふだん栄造夫婦が居間に使っている座敷らしかった。客が店に入り切れなくなったときだけ入れるらしい。

源九郎たち三人が、小座敷に腰を落ち着けると、すこし遅れて入ってきた栄造

が、

「店は、お勝に頼んできやした」

と言って、座敷に座った。

「人攫い一味をふたり、捕らえたことは話したな」

源九郎は、まだ峰造と浅次郎を営造に引き渡してなかったのだ。

「そのふたり、いまも長屋にいるんですかい」

栄造が身を乗り出すようにして訊いた。

「殺されたのだ。人攫い一味の仲間が、長屋に踏み込んできてな。仲間の二人を殺したのだ」

「助けずに、殺しちまったんですかい」

栄造が驚いたような顔をした。

「そうなのだ。口封じのためらしい。……峰造と浅次郎が殺される前に話したのだが、倉沢屋の娘のお初を攫った者たちのなかに、浅草で幅を利かせている権八という男がいたようだ」

源九郎がそこまで話すと、

「それでな、栄造なら権八のことを知っているとみて、来てみたのよ」

孫六が脇から口を挟んだ。

「権八ですかい」

栄造はいっとき虚空に目をやっていたが、

「浅草寺界隈で遊び歩いている男かもしれねえ」

と言って、源九郎たちに顔をむけた。自信がないのか、戸惑うような表情があった。

「その男の塒《ねぐら》が分かるか」

源九郎が訊いた。

「田原町《たわらまち》と聞いた覚えがありやす」

栄造が、浅草寺界隈で遊び歩いている男に訊けば、権八の塒は分かるはずだと言い添えた。

「これから、行ってみやすか」

孫六が言った。

二

源九郎、孫六、三太郎、栄造の四人は勝栄を出ると、いったん日光街道に出て、北に足をむけた。

　日光街道をしばらく歩くと、源九郎たちは賑やかな浅草寺の門前通りに出た。参詣客や遊山《ゆさん》客が行き交い、通り沿いには、料理屋、料理茶屋、置屋などが軒を並べている。

　門前通りを北にむかって歩くと、浅草寺の門前の広小路に出た。そこも、大勢の参詣客や遊山客が行き来していた。その広小路を西にむかうと、田原町三丁目に出る。田原町は、一丁目から三丁目まであるひろい町だった。

　栄造は広小路を歩きながら、周囲に目をやっていたが、

「あの男に訊いてきやす」

　と言い残し、広小路の右手にあった料理屋に足をむけた。いや、料理屋ではない。料理屋の脇に立っている遊び人ふうの男を目にして近付いたようだ。

　栄造は遊び人ふうの男に声をかけ、いっとき話していたが、踵《きびす》を返すと、小走りにもどってきた。

「権八の塒が知れやしたぜ」

　すぐに、栄造が言った。

「ここから、近いのかい」

孫六が訊いた。

「田原町三丁目だと言ってやした。ここから、すぐでさァ」

栄造が先にたって広小路を西にむかって歩き、「この辺りから、三丁目でさァ」と源九郎たちに声をかけ、左手にあった大きな料理屋の脇の路地に入った。

路地に入ると、急に人通りがすくなくなった。それでも、路地沿いには小体《こてい》なそば屋、縄暖簾《なわのれん》を出した飲み屋、小料理屋などがつづいていた。

「この先に、小料理屋がありやしてね。その脇の、樽吉《たるよし》ってえ飲み屋に、権八は寝泊まりしているようでさァ」

歩きながら、栄造が言った。

「その飲み屋の女将《おかみ》が、権八の情婦かい」

孫六が訊いた。

「情婦かどうか知らねえが、店の女将は年寄りのようですぜ」

そう言って、栄造が首をひねった。

源九郎たちは、そんなやり取りをしながら路地を歩いた。路地沿いの店に目をやりながらしばらく歩くと、

「樽吉は、その店かもしれねえ」

栄造が路地沿いにあった飲み屋を指差した。

小体な店だった。戸口に縄暖簾が出ていた。軒下に、赤提灯《あかちようちん》がぶら下がっている。

源九郎たちは、小料理屋の前まで行って足をとめた。隣の飲み屋には客がいるらしく、男の談笑の声が聞こえた。

「大勢で、店に入るわけにはいかないな」

源九郎が言った。

「近所の者に、訊いてみやすか」

栄造がそう言ったときだった。飲み屋の縄暖簾を手で分けて、男がふたり路地に出てきた。ふたりとも商家の旦那ふうだった。近所の店の旦那が、立ち寄ったのかもしれない。

「あっしが、あのふたりに訊いてきやす」

孫六がそう言い残し、足早にふたりの男に近付いた。孫六は左足がすこし不自由だが、短い距離なら歩くのは遅くない。

源九郎は通りの邪魔にならないように、路傍に身を寄せて孫六がもどるのを待った。

孫六はふたりの男と肩を並べて歩いていたが、半町ほど歩いたところで足をとめた。そして、踵を返し、足早にもどってきた。

孫六は源九郎のそばに来ると、

「権八は、飲み屋にいるようですぜ」

そう、薄笑いを浮かべて、「一杯やってるようでさァ」と言い添えた。

「店の女将は年寄りだそうだが、情婦なのかい」

栄造が訊いた。

「母親らしいな」

「飲み屋は、権八の家か」

源九郎が言った。

「どうしやす」

栄造が、源九郎に訊いた。

「これだけいれば、踏み込んで権八を捕らえられるが、大騒ぎになるな」

源九郎は、できれば権八が捕らえられたことを仲間に知られたくなかった。人攫い一味が知れば、姿を隠すだろうし、攫った娘たちを殺すかもしれない。

「権八が出てくるのを待ちやすか」

「そうするか。

源九郎は、権八がこのまま母親のいる店で飲み続けるとは思わなかった。酔わないうちに店を出て、仲間のところか親分のところにでも行くのではあるまいか。

源九郎たちは、道沿いにあった店仕舞いした店の脇に身を寄せて、権八が出てくるのを待った。

権八らしい男は、なかなか出てこなかった。源九郎が、飲みにきた客を装って権八を連れ出そうかと思ったとき、通りかかった遊び人ふうの男が、飲み屋に入った。

「やつは、権八の弟分かも知れねえ」

栄造が言った。

遊び人ふうの男が、店に入ってすぐだった。店に入った遊び人ふうの男が、出てきたのだ。その男につづいて、もうひとり路地に姿をあらわした。背の高い男で、すこし猫背である。

「やつが、権八だ！」

栄造が、昂《たかぶ》った声で言った。栄造がすぐに「権八は、背が高《たけ》えと聞いてやす」

と言い添えた。

「華町の旦那、やつを押さえやしょう」

孫六が身を乗り出すようにして言った。

「押さえよう」

「権八といっしょの男は、どうしやす」

孫六の脇にいた三太郎が、源九郎に訊いた。

「ふたりいっしょだ」

源九郎は、権八といっしょにいる男も、仲間とみたのだ

三

「あっしらが、やつの前にまわりやす」

栄造が言うと、三太郎がつづいた。足腰のしっかりしているふたりが、権八たちふたりの前に出て挟み撃ちにするのだ。

栄造と三太郎は小走りになって、権八たちを追った。権八たちの近くまで行くと、路傍に身を寄せて前に出た。源九郎と孫六も足を速め、前を行く権八たちに近付いた。

権八と遊び人ふうの男は、何やら話しながら歩いていく。脇を通り過ぎた栄造たちに気付かなかったようだ。

栄造と三太郎は権八たちから二十間ほど前に出ると、足をとめて反転した。そして、権八たちに近付いてきた。

権八たちは、栄造と三太郎が足をとめ、反転して自分たちの方に向かってくるのを目にしたらしく、話をやめて身構えた。栄造たちふたりを、御用聞きと手先と思ったのかもしれない。

源九郎は、権八たちに迫りながら刀を抜いた。そして、刀身を峰に返した。峰打ちで仕留めるのである。孫六も、ふところから十手を取り出した。ふたりは、背後から権八たちに近付いていく。

ふいに、権八と遊び人ふうの男が振り返った。栄造たちから、逃げようとしたらしい。だが、権八たちは、その場から動けなかった。眼前に源九郎と孫六が迫っているのを目にしたのだ。

「ちくしょう！　挟み撃ちだ」

権八が叫びざま懐に手をつっ込んで、匕首《あいくち》を取り出した。すると、遊び人ふうの男も匕首を手にした。

権八たちは、源九郎たちに体をむけ、匕首を手にしたまま近付いてきた。源九郎は武士の身装《みなり》で刀を手にしていたが、年寄りとみて侮ったのだろう。

権八たちは、源九郎たちから三間ほどのところで足をとめ、

「老いぼれ、刀を捨てろ！」

と、怒鳴った。

「おまえたちこそ、刃物を捨てろ」

源九郎は、刀の切っ先を権八にむけた。

孫六は、遊び人ふうの男の前に立ち、

「てめえら、お上に盾突く気か！」

と、声を上げ、十手を男にむけた。

その場に通りかかった男たちが、悲鳴を上げて逃げ散った。源九郎と権八が刃物を手にしているのを見たようだ。

「殺《や》っちまえ！」

権八が叫んだ。

権八は右手で握った匕首を顎《あご》の下に構え、すこし背を丸めるような格好で、源九郎に近付いてきた。遊び人ふうの男も匕首を手にして身構え、孫六に迫ってく

る。

源九郎は立ったまま青眼に構え、切っ先を権八にむけた。すると、権八の足がとまった。源九郎に切っ先を向けられ、近付けなくなったらしい。

ススッ、と摺《す》り足で、源九郎が権八に迫った。そして、一足一刀の斬撃に踏み込むや否や、源九郎は青眼に構えていた刀身を下げて切っ先を脇へむけた。前をあけて、隙を見せたのである。すると、権八が弾かれたように踏み込み、源九郎にむかって匕首を突き出した。

刹那《せつな》、源九郎は右手に体を寄せざま、刀身を横に払った。一瞬の太刀《たち》捌《さば》きである。

権八の匕首は空を突き、源九郎の峰打ちは、権八の脇腹を強打した。

グワッ、という呻《うめ》き声を上げ、権八は前によろめいた。そして、足がとまると、左手で脇腹を押さえてうずくまった。

そこへ、栄造と三太郎が走り寄り、権八を押さえつけて早縄をかけた。栄造は岡っ引きだけあって、手際がよかった。

これを見た遊び人ふうの男は足をとめ、反転して逃げようとした。

源九郎は素早い動きで、遊び人ふうの男に迫り、

「逃がさぬ！」

と声を上げ、刀身を横に払った。

その峰打ちが、遊び人ふうの男の腹を強打した。男は呻き声を上げてよろめき、腰からくずれるように転倒した。

すぐに、孫六が近付き、腹這《はらば》いに倒れた遊び人ふうの両腕を後ろにとって縄をかけた。孫六も長年岡っ引きをやった経験があったので、縄をかけるのは巧みである。

「華町の旦那、こいつら、どうしやす」

孫六が訊いた。

「長屋に連れていくしかないな」

源九郎は、勝栄に連れていくことも考えたが、商売の邪魔はしたくなかった。そば屋をしめなければ、訊問《じんもん》する場もないはずである。

「栄造、長屋まで来てくれるか」

源九郎が、栄造に訊いた。

「行きやしょう」

栄造は、すぐに承知した。

源九郎たちは、吾妻橋《あずまばし》を渡って本所に出るつもりだった。権八と遊び人ふうの男を連れて賑やかな浅草の町筋を通りたくなかったのだ。多くのひとの目に触れ、お初を攫った一味は、すぐに権八たちが捕らえられたことを知るだろう。一味の者たちは、権八の口から知れるとみて、隠れ家を離れ、別の場所に身を隠すかもしれない。それに、攫われたお初が、どうなるかも心配だった。

それで、源九郎たちは本所に出て、人通りのすくない道をたどってはぐれ長屋にむかうことにしたのだ。

源九郎たちは、裏路地や新道をたどって大川端に出た。そして、大川にかかる吾妻橋を渡って本所に入った。

すでに、辺りは夕闇につつまれていた。源九郎たちは、大川沿いの道を川下にむかった。川沿いの道は人影がなく、大川の流れの音だけが耳を聾《ろう》するほどに聞こえてくる。

源九郎たちは人目を気にすることなく、川下にむかい、横網町《よこあみちよう》まで来て左手の道に入った。その道をたどって回向院の脇に出てから、さらに南にむかい、はぐれ長屋のある相生町一丁目に入った。

四

座敷の隅に置かれた行灯《あんどん》の明かりに、男たちの顔が浮かび上がったように見えていた。

そこは、はぐれ長屋の源九郎の家だった。七人の男の姿があった。捕らえてきた権八と遊び人ふうの男。源九郎、孫六、三太郎、それに、栄造。栄造は捕らえた権八と遊び人ふうの男の訊問を終えてから、勝栄に帰るつもりなのだ。

男たちのなかに、菅井の姿もあった。菅井は、茂次とふたりで薬研堀に出かけ、五助が身を隠しているとみられていた小料理屋の桔梗屋を探しにいった帰りだった。菅井と同行した茂次は、女房のお梅がいるので、長屋の自分の家に帰ったのだ。

菅井によると、桔梗屋はつきとめられたが、五助はいなかったという。

「明日、もう一度、桔梗屋を探ってみる」

菅井はそう話し、今夜は権八の訊問にくわわることにしたようだ。

源九郎は、まず遊び人ふうの男から話を訊くことにした。そばに権八がいて口を挟むと、遊び人ふうの男は口を割らないとみたのだ。権八には猿轡《さるぐつわ》をかませ、枕屏風《まくらびようぶ》の陰に連れていった。そして、三太郎に見ててもらうことにした。

源九郎は、座敷のなかほどにひとり座らされた遊び人ふうの男の前に立ち、

「なんという名だ」

と、穏やかな声で訊いた。

遊び人ふうの男は、戸惑うような顔をして源九郎を見上げただけで、何も言わなかった。

「名は？」

源九郎が、語気を強くして訊いた。

「や、谷助《やすけ》で……」

遊び人ふうの男が、声をつまらせながら名乗った。

「権八といっしょにいることが多いのか」

源九郎は、世間話でもするような口調で訊いた。

「へ、へい」

谷助はすぐに答えた。隠すようなことではないからだろう。

「呉服屋の倉沢屋を知ってるな」

源九郎は、まず倉沢屋を持ち出した。

「……！」

谷助の顔がこわ張り、体がかすかに顫《ふる》えだした。

「倉沢屋を知らないのか」

源九郎は驚いたような顔をしてみせた。

「し、知ってやす」

谷助が小声で答えた。

「攫った娘のお初は、どうした」

源九郎が世間話でもするような口調で訊いた。

「し、知らねえ」

谷助が、声をつまらせながら言った。体の顫えが激しくなっている。

「谷助も、娘を攫うとき、いっしょにいたのか」

源九郎の口調は、変わらなかった。

「い、いねえ」

谷助が言った。源九郎の口調に惑わされ、思わず口を滑らせたようだ。

「権八は、いっしょにいたな」

源九郎が語気を強くして訊くと、谷助は戸惑うような顔をしたが、ちいさくうなずいた。源九郎とやり取りをしているうちに、隠す気が薄れたようだ。

「攫った娘は、いまどこにいるのだ」

「知らねえ！　嘘じゃァねえ」

谷助が向きになって言った。

源九郎は、谷助は知らないとみて、

「権八の仲間を知っているな」

と、矛先を変えて訊いた。

「へえ」

谷助が首をすくめるようにしてうなずいた。

「仲間の名は」

「源七《げんしち》でさァ」

「源七の居所は」

源九郎が、畳み掛けるように訊いた。

「知らねえ。あっしは、権八兄《あに》いといっしょにいるとき話しただけでさァ」

「そうか」

源九郎は、いっとき口をつぐんだ後、

「攫った倉沢屋の娘のお初は、いまどこにいるのだ」

と、谷助を見据えて訊いた。

「し、知らねえ。嘘じゃァねえ。あっしは、攫った娘のことは聞いてねえんだ」

谷助が、訴えるような口調で言った。

「ところで、おまえたちの親分は」

源九郎が語気を強くして訊いた。

谷助は、戸惑ったような顔をして、口をつぐんでいたが、源九郎が更に訊くと、

「甚兵衛《じんべえ》親分でさァ」

と、小声で言った。

「甚兵衛は、いまどこにいる」

「し、知らねえ。嘘じゃァねえ。あっしは親分と会ったことはねえし、親分はあっしらに居所を知らせねえんだ」

谷助が向きになって言った。

源九郎の谷助に対する訊問は、それで終わった。つづいて、栄造が谷助から訊いたが、新たなことは分からなかった。ただ、栄造が、「攫った娘は、お初の他

にもいるのか」と訊くと、谷助は、

「他にも、二人いると聞いてやす」

と、小声で答えた。

「すると、攫われた娘は、三人いるのだな」

栄造が厳しい顔をして言った。

五

谷助につづいて、権八が座敷に引き出された。権八は苦しげに顔をしかめていた。源九郎の峰打ちをあびた腹が痛むようだ。

「猿轡をとってくれ」

源九郎が孫六に声をかけた。

孫六が権八の後ろにまわって猿轡を取ると、源九郎は、

「先に、栄造が訊いてくれ」

と言って、身を引いた。権八のことは、栄造の方がくわしいとみたのである。

栄造は権八の前に立つと、

「親分の甚兵衛は、どこにいる」

と、核心から訊いた。

「知るかい！」

権八が吐き捨てるように言った。

「権八、すこし痛い目に遭《あ》わせねえと、喋《しやべ》る気にならねえかい」

栄造は十手を取り出し、その先を権八の脇腹に当てて強く押した。

「い、痛《いて》え！」

権八が、悲鳴を上げて身をよじった。源九郎に峰打ちで強打されたとき、あばらの骨でも折れたのかもしれない。

「甚兵衛はどこにいる」

栄造が語気を強くして訊いた。

「し、知らねえ。おれは、親分と会ったことがねえんだ」

権八が、顔をしかめて言った。

「会ったことはなくとも、居所ぐらい聞いてるはずだ」

栄造は、十手を権八の脇腹から離した。

「料理屋と聞いている」

「料理屋の名は」

「知らねえ。嘘じゃァねえ。親分はそばにいる子分にしか、居所を教えねえんだ」

権八が顔をしかめながら言った。

「浅草にある料理屋か」

「そうらしい」

「……」

栄造はいっとき口をつぐんだ後、

「攫った娘たちは、どこにいる」

と、声をあらためて訊いた。

「花川戸町《はなかわどまち》と聞いている」

「花川戸町のどこだ」

浅草花川戸町は浅草寺の東方、大川沿いにひろがっているが、広い町なので、花川戸町と分かっただけでは探しようがない。

「隠居所と聞いてるが、おれは行ったことがねえんだ」

「隠居所な。攫われた娘の三人は、そこにいるのだな」

栄造は、念を押すように訊いた。

「そう聞いてやす」

「……」

栄造は、いっとき口をつぐんだ後、

「他に、何か訊くことがありやすかい」

と言って、座敷にいた男たちに目をやった。

すると、黙って聞いていた菅井が、「おれが、訊いてもいいか」と言って、権八の前に出てきた。

「薬研堀近くの桔梗屋に、五助という男がいるな」

菅井が五助の名を出して訊いた。

権八は驚いたような顔をして菅井を見たが、

「いやす」

と、小声で答えた。おそらく、五助のことまでつかまれているとは、思いもしなかったのだろう。

「五助は、いまも桔梗屋にいるのか」

「いるはずでさァ」

「倉沢屋のお初を攫ったのは、おまえたちだな」

菅井が念を押すように訊いた。

「へえ」

権八は首をすくめた。源九郎たちとやり取りをしているうちに、隠す気が薄れてきたのだろう。

「お初は、どこにいる」

「攫った後、五助兄いがお初をつれていきやした」

「五助なら、甚兵衛の居所も娘たちの監禁先も知っているのではないか」

菅井が権八を見すえて訊いた。

「親分のことは知ってるはずだが、攫った娘はどこかへ連れていったはずだから監禁場所を知ってるかどうか、おれには分からねえ」

権八が首をすくめて言った。

「いずれにしろ、五助を押さえて話を訊けば、一味のことが知れてくるな」

そう言って、菅井は身を引いた。

すると、孫六が、

「あっしも、こいつから訊きてえことがある」

と、言って、権八の前に立った。

「やい、権八、てめえたちは、大増屋のおきよも狙っているようだが、おきよはまだ十二だぞ。男も知らねえ、まだ子供だ。倉沢屋のお初も同じ歳だが、そんな若《わ》え子《け》を攫って何をさせようってんだい」

孫六が、めずらしく声を荒らげて訊いた。

権八はすぐに口をひらかず、戸惑うような顔をしかめていたが、

「お、男の相手をさせると聞きやした」

と、首をすくめて言った。

「男の相手だと、吉原にでも売るつもりかい」

「どうするか、おれは知らねえ」

権八によると、甚兵衛もそばにいる子分も、攫った娘をどうするかあまり口にしないという。

「どういうことだい」

孫六が、首を傾《かし》げて言った。

孫六と権八のやり取りを聞いていた源九郎は、攫った娘たちの居場所が知れると、甚兵衛たちの悪事も隠れ家も、すべて明らかになるからではないかと思った。

それで、捕らえた権八と谷助の訊問は終わった。ふたりは、しばらくはぐれ長屋に監禁しておき、ころあいをみて定廻り同心の村上に引き渡すことになるだろう。

六

翌日の昼過ぎ、源九郎は菅井と茂次の三人で薬研堀にむかった。三太郎と孫六も、いっしょに行くと口にしたが、ふたりは長屋に残ってもらうことにした。薬研堀で、五助の居所を突き止めるのには、それほど人数はいらなかった。それに、捕らえた権八と谷助に目を配ってもらいたかったのだ。

源九郎たち三人が、竪川沿いの通りに出て一ツ目橋のたもとを過ぎてしばらく歩いたときだった。

茂次が肩をたたくような振りをして、

「後ろのふたり、橋のたもとからずっと跡を尾《つ》けてきやすぜ」

と、源九郎に身を寄せて言った。

「わしも、気付いていた」

源九郎が言うと、菅井もちいさくうなずいた。

半町ほど後ろから、武士と遊び人ふうの男が歩いてくる。武士は網代笠《あじろがさ》をかぶり、小袖に袴姿で大刀を一本落とし差しにしていた。牢人ふうである。

「あのふたり、長屋に押し込んできたやつらではないか」

菅井が言った。

「そうかも知れぬ」

源九郎も、長屋に押し込んできた六人のなかのふたりだろうと思った。

「どうする」

菅井が、源九郎に身を寄せて訊いた。

「ふたりなら、恐れることはあるまい」

源九郎は、しばらく様子をみるつもりだった。人通りの多い通りで襲うとは思えなかったのだ。

源九郎たちは、賑やかな両国橋の東の橋詰の広小路に出た。背後を振り返ると、ふたりはまだ跡を尾けていた。人込みに入ったせいか、源九郎たちとの間をつめている。

源九郎たちは背後のふたりにかまわず、両国橋を渡った。そして、橋のたもとをすぐに左手に折れた。そのまま大川沿いの道を川下にむかって歩けば、薬研堀にかかる元柳橋のたもとに出られる。桔梗屋は、元柳橋の近くにあるはずだった。

源九郎たちが大川沿いの道を川下にむかって歩き出すと、茂次が背後を振り返り、

「やつら、まだ尾けてきやすぜ」

と、小声で言った。

源九郎がそれとなく背後を振り返ると、武士と遊び人ふうの男の姿が見えた。すこし間をとったらしく、源九郎たちから離れて歩いてくる。

「どうしやす」

茂次が訊いた。

「かまうな」

源九郎は、ふたりが何か仕掛けてくれば闘うしかないと思った。

「華町の旦那、いざとなったらこいつを鳴らしやすぜ」

そう言って、茂次が懐から何か取り出した。

「なんだ、それは」

源九郎が訊いた。

「呼び子でさァ。孫六のとっつァんが、危なくなったら、こいつを使えといって貸してくれたんで」

「孫六が、昔使った古い呼び子か」

「古くったって、ちゃんと鳴りやすぜ」

「そうか。いざとなったら、頼むぞ」

源九郎が、苦笑いを浮かべて言った。

そんなやり取りをしているうちに、源九郎たちは元柳橋のたもとまで来た。

「ここだ」

そう言って、菅井が先にたち、薬研堀沿いの通りに入った。

通り沿いには、料理茶屋、料理屋、そば屋などの店が目についた。小料理屋もある。薬研堀沿いの通りも、柳橋と同じように名の知れた料理茶屋や料理屋などがあることで知られていた。

菅井は薬研堀沿いの道に入って間もなく、「この先だ」と言って、料理屋の脇の路地に入った。

路地沿いにも、そば屋、縄暖簾を出した飲み屋、一膳めし屋などが並んでいた。賑やかな薬研堀沿いの通りに比べると静かだったが、行き交うひとの姿はすくなかった。

源九郎たちが路地に入って一町ほど歩いたとき、菅井が背後を振り返り、

「跡を尾けてこないな」

と、小声で言った。

源九郎が背後を振り返ると、武士と遊び人ふうの男の姿がなかった。ふたりは尾行を諦《あきら》めたか、源九郎たちの行き先を読めたので、跡を尾けるのをやめたかである。

それから一町ほど歩いてから、菅井が路傍に足をとめ、

「その店が、桔梗屋だ」

と言って、斜向《はす》かいにある店を指差した。

小体《こてい》な店だが、二階があった。二階には、店の者が寝起きする部屋があるのかも知れない。

「洒落《しゃれ》た店だな」

源九郎が言った。

店の戸口は、格子戸になっていた。入口の脇に、掛け看板があり、「御料理桔梗屋」と記してあった。

「店はひらいてないようだ」

源九郎は、入口に暖簾が出てないのを見て言った。

「いまごろなら、店をひらいているはずだがな」

菅井が首をひねった。

「近付いてみるか」

源九郎が、桔梗屋に足をむけた。

源九郎たち三人は、客のようなふりをして桔梗屋の入口の格子戸に身を寄せた。店のなかは、ひっそりとして物音も人声も聞こえなかった。

「留守か」

菅井が、戸惑うような顔をして格子戸を引いた。

戸は簡単にあいた。戸締まりはしてなかったようだ。店のなかは薄暗く、ひとのいる気配はなかった。それでも目が慣れると、店のなかの様子が見えてきた。

「おい、だれか、倒れているぞ」

菅井が、昂った声で言った。

店の土間の先が、小上がりになっていた。その小上がりに、横たわっている人影があった。女らしい。

菅井が左手で刀の鯉口《こいぐち》を握ったまま、

「入るぞ」

と言って、店に入った。店内に身を潜めている者が、いきなり仕掛けてきても対応できるように、居合の抜刀の体勢をとっていたのだ。

後につづいた源九郎が、

「土間にもいる」

と、声をひそめて言った。

戸口からは見えなかったが、土間の隅に大柄な男が俯《うつぶ》せに倒れていた。町人体である。

源九郎たちは、先に土間に倒れている男のそばに近寄った。男の周囲が、どす黒い血に染まっている。

七

菅井が倒れている男の肩先を摑《つか》んで、仰向けにした。男は苦しげに顔をゆがめたまま死んでいた。顔や着物の胸の辺りが、血に染まっている。

「こいつ、五助だ」

菅井が言った。

「五助の顔を知っているのか」

源九郎が、男の顔を覗《のぞ》きながら菅井に訊いた。

「近所に探りにきたとき、五助は大柄で眉《まゆ》の濃い男だと聞いたのだ」

「あっしも、聞いてやすぜ」

茂次が言い添えた。

源九郎があらためて死顔を見ると、眉が濃かった。体は大柄である。

「五助を殺《や》ったのは、だれだ」

茂次が顔をしかめて言った。

「おそらく仲間だな。長屋を襲って、峰造と浅次郎を殺したのと同じだ。口封じのために、五助を殺したのだ」

そう言った源九郎の顔に、憤怒の色があった。仲間を情け容赦なく殺す一味のやり方に強い怒りを覚えたのだ。

「もうひとり、殺《や》られてやすぜ」

茂次が、土間の先の小上がりに目をやって言った。

小上がりに、着物姿の女が俯せに倒れていた。胸の辺りから流れ出したと見られる血が、小上がりの畳をどす黒く染めている。

菅井が倒れている女の肩先をつかんで、体を仰向けにした。女は顔を苦痛にゆがめて死んでいた。着物の胸の辺りが、どっぷりと血に染まっている。

「刃物で、胸を突かれたようですぜ」

茂次が言った。

刀か匕首か分からないが、女は正面から胸を突かれたらしい。出血が多いのは、心ノ臓を突かれたからだろう。

「惨《むご》いことをしやがる」

茂次はそう言って、女から手を放した。

「五助の情婦《いろ》だな。五助といっしょにいるところを殺されたのだろう」

源九郎がそう言って、小上がりから土間に下りようとした。そのとき、源九郎は戸口に近付いてくる足音を耳にした。

「おい、この店にだれか近付いてくるぞ」

源九郎が、声を殺して言った。

「あっしらの跡を尾けてきたやつらかもしれねえ」

茂次が言った。

「相手がふたりなら恐れることはないが」

「あっしが見てみやす」

茂次は土間に飛び下り、格子戸をすこしだけあけて外を覗いたが、すぐにもどってきて、

「五人もいやす。二本差しがふたりに、町人が三人。あいつら、長屋を襲ったやつらですぜ」

と、小声で言った。顔が強張《こわば》っている。

「わしらを襲う気か」

「店のなかでやり合うのは、まずいぞ」

菅井が、声をひそめて言った。居合は、敵との間積もりが大事だった。狭い家のなかでは、遣いづらいのだ。それに、五人もで踏み込んできたら、敵との間合をとることもできない。

「外へ出るぞ」

源九郎が、菅井と茂次に言った。

源九郎たちは、格子戸をあけて外に出た。桔梗屋の戸口を取り囲むように五人の男が立っていた。

茂次が言ったとおり、牢人ふうの武士がふたり、町人が三人である。源九郎は、ふたりの武士に見覚えがあった。ひとりはここにくる途中、源九郎たちの跡を尾けてきた網代笠をかぶった武士である。もうひとりは、長身の武士だった。その面長で、細い目をした顔を覚えていた。はぐれ長屋を襲ったひとりである。

三人の町人の顔にも、見覚えがあった。名は分からないが、長屋を襲った者たちである。おそらく、跡を尾けてきたふたりは、源九郎たちが桔梗屋に入るとみて、仲間を集めたにちがいない。

「殺っちまえ！」

町人体の男が言った。声をかけたのは、長屋を襲ったとき、まとめ役だった三十がらみの顔の浅黒い男だった。

「茂次、わしの後ろにいろ」

源九郎はそう言って、桔梗屋の戸口の前に立った。何人かの攻撃を受けたら、茂次は太刀打ちできないとみたのだ。

茂次は素早い動きで、源九郎の後ろにまわり込んだ。体の半分は、店のなかに入っている。

「そいつは、おれが斬る」

そう言って、源九郎の前に立ったのは、長身の武士だった。はぐれ長屋で、切っ先を合わせた男である。

もうひとり、顔の浅黒い町人体の男が、源九郎の左手にまわり込んできた。匕首を手にしている。

「駒造《こまぞう》、下がれ！　刀がふるえぬ」

長身の武士が言った。浅黒い顔の男の名は、駒造らしい。

駒造は、匕首を手にしたまま後ろに下がった。そして、源九郎と菅井に目をやった。ふたりの闘いの様子を見て、助太刀に入るつもりらしい。

源九郎と武士は、青眼に構えあった。ふたりの間合は、およそ二間半――。路地が狭かったので、間合を十分にとれなかったのだ。

「今日は、おれの十文字斬りをみせてやる」

長身の武士はそう言うと、青眼に構えていた刀を引き、切っ先を後方にむけて脇構えにとった。

……なんだ、この構えは！

源九郎は胸の内で声を上げた。

通常の脇構えではなかった。長身の武士は地面にむけていた切っ先を上げて、刀身をほぼ水平にとったのだ。刀身の位置が、八相と脇構えの中間あたりである。

源九郎は青眼に構え、敵の目線につけていた切っ先を下げ、胸のあたりにむけた。脇構えに対応するため、切っ先を下げたのである。

八

一方、菅井は中背の武士と対峙《たいじ》していた。菅井の相手も、長屋のときと同じ武士だった。ただ、状況は違っていた。菅井の左手に、長脇差《ながわきざし》を手にした遊び人ふうの男がまわり込み、切っ先を菅井にむけていたのだ。

居合は、敵が複数の場合や両脇からの攻撃に弱いところがある。正面の敵に対して一度刀を抜くと、居合は納刀するまで遣えない。ただ、菅井はこれまで多くの修羅場をくぐっていたので、こうした状況でも後れをとるようなことはないはずだ。

菅井は居合の抜刀体勢をとったまま、足裏を摺《す》るようにして、前に立った武士との間合をジリジリと狭め始めた。

対する武士は、青眼に構えたまま動かなかった。切っ先がかすかに震えている。真剣勝負で、異様に気が昂っているのだ。

ふいに、武士が身を引いた。菅井が居合の抜刀の間合に入るのを恐れたらしい。

「長次郎《ちょうじろう》、脇から攻めろ!」

武士が、長脇差を手にした遊び人ふうの男に声をかけた。長次郎という名らしい。

すると、左手にいた長次郎が、摺り足でジリジリと間合を狭めてきた。腰が浮き、長脇差の切っ先が震えていたが、目をつりあげ、歯を剝《む》き出しにしていた。必死の形相である。こうした男の攻撃は、侮れなかった。刀法はでたらめだが、死に物狂いでくるのだ。

菅井は寄り身をとめた。そして、左手からくる男にも気を配った。菅井は、先に左手からくる男に居合の抜き打ちの一刀を放つのも手だとみた。

このとき、源九郎は長身の武士と対峙していた。

ふたりの間合は向き合ったときと変わらなかった。

「おれの十文字斬りをかわした者はいない」

武士はそう言うと、足指を這うように動かし、間合をジリジリと狭めてきた。

源九郎は武士の寄り身に合わせるように身を引いたが、すぐに踵《かかと》が桔梗屋の入口に迫ってきた。

……まずい！

と、源九郎は思った。

武士の攻撃を躱《かわ》すために、身を引くことができないのだ。

源九郎は左手にまわり込もうとして、後ろ足を左に動かした。その瞬間、源九郎の構えがくずれた。

イヤアッ！

突如《とつじょ》、武士が裂帛《れっぱく》の気合を発し、踏み込みざま斬り込んできた。高い脇構えから、ほぼ水平に閃光《せんこう》がはしった。

一瞬、源九郎は右手に跳んで、武士の切っ先をかわそうとした。だが、間にあわなかった。

バサッ、源九郎の左袖が裂け、左の二の腕があらわになった。次の瞬間、源九郎は右手に跳んだ。左の二の腕に衝撃がはしった。武士の切っ先をあびたらしい。

すかさず、武士は水平に払った刀身を振り上げざま、真っ向に斬り込んできた。横に払った刀身を振り上げざま真っ向へ——。横から縦へ。まさに、十文字斬りである。

武士の切っ先が、源九郎の左袖を縦に斬り裂いた。だが、今度は肌までとどかなかった。源九郎が、右手に跳ぶのが速かったのである。

武士は源九郎と間合をとると、ふたたび高い脇構えをとった。十文字斬りの構えである。

対する源九郎は、青眼に構えた。だが、その切っ先がかすかに震えていた。左腕を斬られたために、体に余分な力が入っているのだ。

……このままでは斬られる！

と、源九郎は頭のどこかで思った。だが、逃げ場がない。そのとき、源九郎の脳裏に、茂次が懐に入れてきた呼び子のことがよぎった。

「茂次、呼び子を吹け！」

源九郎が、戸口近くにいる茂次に声をかけた。

すると、茂次が戸口から顔を出し、顎《あご》を突き上げるようにして呼び子を吹いた。

ピリピリピリ……。

甲高い呼び子の音が辺りにひびいた。

すると、すこし離れたところで、桔梗屋の前の闘いを固唾《かたず》を呑んで見ていた野次馬たちのなかから、「御用聞きだぞ！」、「町方を襲っているようだ！」などという声が起こった。そして、何人かの男が、「町方を助けろ！」、「悪党たちに、石を投げろ！」などと叫び、足元にあった小石をつかんで、源九郎たちに切っ先をむけている武士や遊び人ふうの男たちにむかって投げた。

それらの石は、源九郎たちを取り囲んだ男たちに当たらなかったが、この様子を見た他の男たちも、口々に「石を投げろ！」、「やっちまえ！」などと叫びながら、石を投げ始めた。

すると、石のいくつかが、武士や遊び人ふうの男たちの背や尻《しり》などに当たった。

「おのれ！　邪魔立てしおって」

源九郎と対峙していた武士が叫び、逡巡《しゅんじゅん》するようなそぶりを見せたが、抜き身を手にしたまま後じさった。そして、源九郎との間があくと、

「華町、今日のところは見逃してやる」

と、叫びざま反転して走りだした。武士は、源九郎の名を知っていたようだ。

これを見た菅井と対峙していた中背の武士も、反転して逃げだした。石を投げた町人たちも、逃げ散った。逃げだした武士たちが、向って走ってきたからである。

「助かった！」

源九郎が、抜き身を手にしたまま言った。

そこへ、菅井と茂次が源九郎のそばに走り寄った。

「華町、やられたのか」

菅井が、左腕に目をやって訊いた。

源九郎の左の二の腕が、血に染まっていた。だが、深手ではなかった。皮肉を浅く裂かれただけである。

「擦《かす》り傷《きず》だ」

源九郎は手にした刀を鞘《さや》に納めると、懐から手ぬぐいを取り出し、「これで、縛ってくれ」と言って、菅井に手渡した。

菅井は源九郎の左の二の腕に手ぬぐいを巻きながら、

「華町の相手だが、妙な構えだったな」

と、つぶやいた。菅井は、源九郎と立ち合っていた長身の武士の構えを目にしていたようだ。

「十文字斬りという刀法らしい。おそらく、あの武士が独自に工夫したものだ」

源九郎が、「恐ろしい技だ」と小声で言い添えた。源九郎の双眸《そうぼう》が、剣客らしい鋭いひかりを放っている。

第四章　隠居所

一

はぐれ長屋の源九郎の家に、七人の男が集まっていた。源九郎と仲間の六人である。

源九郎たちが、桔梗屋の前で人攫《ひとさら》い一味に襲われた翌朝だった。源九郎が茂次に頼んで、仲間たちを集めてもらったのだ。

源九郎は、人攫い一味に襲われたときの様子を話してから、

「下手に動くと、わしのようになる」

と言って、手拭いを巻かれた左腕を見せた。

「華町が後れをとったとなると、敵は遣い手だな」

安田が顔を厳しくした。

「迂闊《うかつ》に、長屋を出て探れないぞ」

菅井が言った。

「で、でも、長屋に籠《こも》ってたら、人攫い一味の思うままですぜ。おきよを守ることもできねえ」

平太は仲間たちの話を黙って聞いていることが多かったが、身を乗り出すようにして言った。

すると孫六が、

「平太は、おきよが大事《でえじ》だからな。大増屋に、張り付いて離れねえ」

と言って、薄笑いを浮かべた。

「いや、平太の言うとおりだ。わしらは、大増屋から金を貰《もら》い、おきよを人攫いの手から守ることを約束した。何としても、おきよの身は守らねばならん。……そのためにも、一味の頭目である甚兵衛の居所を摑《つか》んで、捕らえるなり始末するなりしないと、おきよの身を守ることはできない」

「華町の言うとおりだな」

菅井が、つぶやいた。

次に口をひらく者がなく、部屋は重苦しい沈黙につつまれたが、

「あっしが、囮《おとり》になりやしょうか」

と、孫六が言った。さっきの薄笑いが消えていた。岡っ引きのやり手だったところを思わせるような鋭い目をしている。

「孫六、どうするつもりだ」

源九郎が訊《き》くと、座敷にいた男たちの目が孫六に集まった。

「権八の話じゃァ、攫った娘たちは、花川戸町の隠居所にいるらしい」

孫六が言った。

「そうだな」

源九郎も、権八から聞いていた。

「あっしが花川戸町を歩いて、若い娘のいる隠居所はないか、訊きまわりやす。そうすれば、甚兵衛の子分たちの目にとまるはずでさァ」

孫六が言うと、

「そうか。おれたちが、ひそかに孫六の跡を尾《つ》け、姿を見せた甚兵衛の子分を捕らえるのだな」

安田が身を乗り出した。

「いい手だが、孫六、やられるかもしれんぞ」

孫六が襲われ、斬られる恐れがある、と源九郎は思った。

「なァに、こんな老いぼれに、いきなり斬りつけるようなやつは、いねえはずだ」

孫六が薄笑いを浮かべて言った。

「あっしも、囮になりやしょう」

茂次が言った。

「わしも、花川戸町へ行く」

「おれも行こう」

源九郎につづいて、菅井が言った。

「おれも、行ってもいいぞ。長屋にいるのは、飽きたからな」

そう言って、安田が身を乗り出した。

「安田には、別の頼みがある」

源九郎が、安田に顔をむけた。

「なんだ」

「平太といっしょに、大増屋に行ってはもらえまいか。人攫い一味が、そろそろおきよに手を出すような気がする。……おきよは、店を出ないようにしているようだが、攫う気になれば、店に踏み込んでくるぞ」

源九郎は、店をあけるときや店仕舞いする直前など、客がいないときを狙えば、それほど大騒ぎにならずに、おきよを攫うことができるとみた。おそらく、人攫い一味も、そうみているだろう。

「安田の旦那も、大増屋に来てくだせえ。人攫いたちが店に踏み込んできたら、あっしひとりじゃァ、どうにもならねえ」

平太が不安そうな顔をして言った。

「よし、平太といっしょに大増屋に行こう」

安田も、大増屋を放っておけないと思ったようだ。

それで、座敷に集まった七人の話は終わった。

源九郎、菅井、孫六、茂次の四人が、花川戸町に行くことになった。

源九郎と菅井は、身装《みなり》を変えた。小袖にたっつけ袴姿で、網代笠《あじろがさ》をかぶった。旅装束である。孫六と茂次も念のため小袖を尻《しり》っ端折《ばしょ》りし、草鞋《わらじ》履きで菅笠をかぶった。長屋の住人には見えないはずだ。

源九郎たちは長屋を出て、竪川沿いの通りへ出ると、すこし離れて歩いた。ただ、源九郎と菅井は、いっしょに歩いた。ふたりいっしょの旅と思わせるためである。

源九郎たちは大川にかかる両国橋を渡り、賑やかな両国広小路を経て、日光街道を北にむかった。

そして、浅草御蔵の前を通って諏訪町へ出た。栄造のいるそば屋の近くを通ったが、寄らずに北にむかった。賑やかな駒形堂《こまがたどう》の前を通り過ぎ、材木町《ざいもくちょう》を経て花川戸町へ入ったところで、前を歩いていた源九郎と菅井が、路傍に足をとめた。後続の孫六たちが来るのを待ったのだ。

源九郎は孫六たちがそばに来ると、

「孫六、この辺りから聞き込みにあたるか」

と、声をひそめて訊いた。

「賑やか過ぎやすぜ。隠居所など、ありそうもねえ」

孫六が、通りに目をやって言った。

そこは浅草寺近くで、しかも吾妻橋のたもとのそばだった。参詣客や遊山《ゆさん》客にくわえ、行商人や商人ふうの男なども行き交っている。

「もうすこし川上まで行くか」

源九郎が言った。

「そうしやしょう」

孫六が先にたち、大川沿いの道を川上にむかって歩いた。

二

源九郎たちが川上にむかって歩くと、しだいに人通りが少なくなり、道沿いの店もまばらになってきた。笹藪《ささやぶ》や雑草に覆われた空き地なども見られるようになった。

浅草寺に近いわりには、人通りがすくなく寂しい感じがする。隠居所には、いい地かもしれない。

前を歩いていた孫六と茂次が路傍に足をとめ、源九郎たちが近付くのを待って、

「この辺りから、聞き込んでみやす。旦那たちは、気付かれねえように、すこし間をとって来てくだせえ」

孫六が言った。

「油断するな。この辺りに攫われた娘のいる隠居所があれば、甚兵衛や子分たちもいるとみた方がいい」

源九郎が厳しい顔をした。

「油断はしませんや」

そう言い残し、孫六と茂次は源九郎たちから離れた。

源九郎と菅井は、孫六たちから一町ほど離れて歩いた。人目につかないように、道沿いの樹陰や店の脇などに身を隠しながら歩いていく。

「華町、甚兵衛の子分はあらわれるかな」

菅井が、歩きながら訊いた。

「この辺りに、娘たちを監禁している隠居所があれば、あらわれるはずだ」

源九郎は、子分たちが姿を見せるような気がした。聞き込みにあたっている孫六と茂次は、人通りがすくないこともあって、子分たちの目にとまるはずである。

「孫六たちが襲われたら、そいつらを始末するのだな」

菅井が念を押すように言った。

「通りすがりの者のように見せてな。相手は何人か分からないが、ひとりは生きて捕らえるのだ」

源九郎たちの目的は、甚兵衛の子分たちを斬るのではなく、捕らえて、攫った娘たちの居所を聞き出すことにあった。

「あらわれるかな」

「孫六たちを目にとめれば、見逃すはずはない」

源九郎は、孫六たちを捕らえるか始末するために、甚兵衛の子分たちが姿を見せると読んでいた。

前を行く孫六と茂次は、通り沿いにある店屋に立ち寄ったり、道で出会った土地の住人らしい者を呼び止めて話を訊いたりした。そうした方が、子分たちの目にとまるとみたのである。

孫六たちが聞き込みを始めて、半刻（一時間）ほど経っただろうか。通り沿いにあった八百屋の店先から離れ、川上にむかって歩き始めたときだった。

川沿いに植えられた桜の幹の陰にいた遊び人ふうの男が、通りに出て孫六たちの跡を尾け始めた。

「華町、やつだ！」

菅井が走りだそうとした。

「待て、もうひとりいる」

源九郎は菅井の肩先を押さえた。遊び人ふうの男の背後に、もうひとり遊び人ふうの男がいたのだ。

「やつは、長次郎だ。長屋を襲ったなかにいたぞ」

菅井が言った。遊び人ふうの男は、仲間の武士に長次郎と呼ばれた男だった。

「長次郎を捕らえれば、様子が知れるな」

源九郎は、菅井の肩先を押さえた手を放した。

「おれが、長次郎を押さえる」

「わしは、もうひとりのほうだな」

菅井は、峰打ちで長次郎を仕留め、生きたまま押さえようと思った。源九郎も、峰打ちで仕留めることになるだろう。

一方、長次郎と遊び人ふうの男は、孫六たちの跡を尾けていく。

孫六たちは、尾けてくるふたりに気付いているはずだが、道沿いに店のない寂しい地をゆっくりと歩いていた。しだいに、孫六たちと長次郎たちの間が狭まってきた。

「いくぞ」

源九郎が声をかけ、足を速めた。菅井も源九郎と肩を並べ、ふたりして前を行く長次郎たちに近付いていく。

長次郎たちは、孫六たちに気をとられているらしく、背後を振り返って見るようなことはなかった。

源九郎と菅井は長次郎たちに十間ほどに近付くと、小走りになった。そのとき、長次郎たちの前を行く孫六と茂次が、足をとめて振り返った。

長次郎と遊び人ふうの男も足をとめたが、すぐに身を屈《かが》めるようにして孫六たちに近付き始めた。そのふたりの背後に、源九郎と菅井が迫っていたが、まだ、長次郎たちは気付いていない。

「おい、罠《わな》に嵌《はま》ったな」

茂次が薄笑いを浮かべて言った。

「なに！」

長次郎が足をとめた。

そのとき、遊び人ふうの男が後ろを振り返り、

「兄い！　後ろから」

と、叫んだ。すぐ近くまで来ていた源九郎と菅井を目にしたようだ。

「挟み撃ちか！」

長次郎が、反転して懐に手をつっ込んだ。匕首《あいくち》を手にしたようだ。

菅井が長次郎に迫っていた。左手で刀の鯉口《こいぐち》を切り、右手を柄《つか》に添えている。

居合の抜刀体勢をとったのだ。

源九郎も刀の柄に右手を添え、遊び人ふうの男に近付いていく。

「やろう！　殺してやる」

叫びざま、遊び人ふうの男が、懐に手をつっ込んで匕首を取り出した。

男は源九郎を前にして匕首を手にして身構えたが、恐怖と興奮で顔が蒼《あお》ざめていた。体が顫えている。

菅井は居合の抜刀体勢をとったまま長次郎に迫り、二間半ほどの間合をとって足をとめた。

長次郎は手にした匕首を顎《あご》の下にとり、すこし腰をかがめて身構えている。飛び掛かっていくような体勢だが、まだふたりの間合は遠かった。

「いくぞ！」

菅井が声をかけ、居合の抜刀体勢をとったまま足裏を擂《す》るようにしてジリジリと間合を狭めていく。

長次郎は動かなかった。いや、背後に孫六たちがいたので、その場から身を引けなかったのだ。

菅井は居合の抜き付けの一刀をふるう間合まで迫ると、足をとめて抜刀する機をうかがった。全身に抜刀の気が漲《みなぎ》っている。

長次郎は匕首を構えていたが、菅井が身構えたのを見て、後ろへ下がろうとして左足を引いた。

刹那《せつな》、菅井の全身に抜刀の気がはしった。菅井は気合も発せず、いきなり刀を抜きつけた。次の瞬間、閃光《せんこう》が逆袈裟《ぎやくげさ》にはしった。だが、切っ先は長次郎にとどかなかった。いや、とどかなかったのではない。菅井は、切っ先が長次郎の顔面近くを通るように斬り上げたのだ。峰打ちで仕留めるためである。

咄嗟《とっさ》に、長次郎は一歩身を引いた。

菅井は斬り上げた刀を峰に返すと、一歩踏み込みざま鋭い気合を発し、刀身を横に払った。流れるような体捌《たいさば》きである。

居合の抜き付けの一刀から、二の太刀を横一文字に――。

菅井の峰打ちが、長次郎の脇腹を強打した。

グワッ！　という呻《うめ》き声を上げ、長次郎は匕首を取り落とし、その場に蹲《うずくま》った。苦しげに顔をゆがめている。

菅井が長次郎を峰打ちで仕留めたとき、源九郎も遊び人ふうの男に峰打ちを浴びせていた。遊び人ふうの男も、呻き声を上げて路傍に蹲っている。

三

「ふたりとも、凄《すげ》えや」

孫六が、蹲っている長次郎ともうひとりの遊び人ふうの男に目をやって言った。

「孫六、御用聞きが、ふたりを捕らえたように見せかけてくれ」

源九郎は、しばらくの間、はぐれ長屋の者がふたりを捕らえたことを、甚兵衛たちに知られたくなかったのだ。

「ようがす。あっしと茂次で、それらしく見せやしょう」

孫六が茂次に目をやって言った。

孫六と茂次は、長次郎と遊び人ふうの男の縄を手にして立たせた。そして、孫六が懐から古い十手を取り出した。

「さァ、出かけるぜ！　これからいいところに連れてってやる」

孫六は、長次郎の縄を手にして歩きだそうとしたが、長次郎は動かなかった。その場に立ったままである。

「動かないなら、ここで首を落とすか」

源九郎がそう言って刀の柄に手を添えると、長次郎は顔をしかめたまま歩きだした。遊び人ふうの男も、長次郎の後についていく。

孫六は左手で十手も持っていたので、通りすがりの者が見たら、御用聞きが罪人を連行していくと思うだろう。

源九郎と菅井は、孫六たちからすこし離れて歩いた。孫六たちの仲間と思われないためである。

源九郎たちは、吾妻橋を渡って本所に出た。権八と谷助を捕らえたとき、はぐれ長屋まで連れていった道筋を通ったのだ。

源九郎たちは、長次郎と遊び人ふうの男を長屋の源九郎の家に連れ込み、座敷に座らせた。

源九郎はまず遊び人ふうの男から、話を訊こうと思った。長次郎の弟分らしかったが、早く口を割るとみたのである。

源九郎は長次郎に猿轡《さるぐつわ》をかませた後、座敷の隅に立ててあった枕屏風《まくらびようぶ》の陰に連れていった。座敷のやり取りは聞こえるが、姿が見えないようにしたのだ。先に捕えた権八と谷助は、栄造をとおして定廻り同心の村上彦四郎に引き渡してあった。

源九郎は遊び人ふうの男の前に立つと、

「おまえの名は」

まず、名から訊いた。

男は顔をしかめて口をつぐんでいたが、

「伝吉《でんきち》でさァ」

と、小声で名乗った。此の期《こご》に及んで、名を隠しても仕方がないと思ったのだろう。

「甚兵衛を知っているな」

源九郎が甚兵衛の名を口にした。すると、伝吉の顔がこわ張り、源九郎にむけられた視線が揺れた。

「甚兵衛は、どこにいる」

源九郎が伝吉を見すえて訊いた。

「し、知らねえ。嘘じゃァねえ。おれは、親分の居所を知らねえんだ」

伝吉が声を震わせて言った。

「おまえたちを捕らえた近くに、甚兵衛の隠居所があるはずだぞ」

「隠居所は知っている」

「その隠居所に、甚兵衛はいるはずだ」

「いることもあるらしいが、いねえときが多いんでさァ」

伝吉は、隠さず話した。

「いないときは、どこにいるのだ」

「篠田屋《しのだや》か、寿屋《ことぶきや》でさァ」

伝吉が話したことによると、篠田屋は浅草並木町《なみきちょう》の門前通りにある料理屋で、女将《おかみ》は甚兵衛の情婦《いろ》だという。

「寿屋は」

すぐに、源九郎が訊いた。聞いたことのない店の名である。

「寿屋も料理屋で、隠居所の近くにあるようでさァ」

「あの辺りは、人通りがあまりないが、商売になるのか」

浅草寺には近いが、隠居所は人通りのすくない場所にあったのだ。

「くわしいことは、知らねえが、いい商売になるって聞きやしたぜ」

「大きな料理屋か」

「分からねえ」

伝吉は、料理屋を見たことがないという。

「その料理屋に、行ったことはないのか」

源九郎が念を押すように訊いた。

「ねえんでさァ。……おれたちのような三下《さんした》は、近寄るなと言われてやしてね。それに、通りからは見えねえんでさァ」

伝吉によると、料理屋は通りから離れた大川の岸際近くにあって、その辺りは雑木林になっているという。

「ところで、攫った娘たちは、どこに閉じ込めてあるのだ」

源九郎が伝吉を見すえて訊いた。

「し、知らねえ。攫った娘のことは、何も聞いてねえ」

伝吉が向きになって言った。

「うむ……」

源九郎は、伝吉が嘘を言っているようには思えなかった。

源九郎は菅井たち三人に目をやって、「何か訊くことはあるか」と声をかけた。菅井たちは、首を横に振った。伝吉から、あらためて訊くことはないようだ。

源九郎たちは、伝吉に代えて長次郎を座敷に連れてきた。伝吉は、長次郎と同じように屏風の陰に蹲っている。

長次郎は菅井に峰打ちをあびた腹が痛むのか、顔をしかめていた。

「孫六、長次郎から訊いてみろ」

源九郎はそう言って、長次郎の前から身を引いた。岡っ引きを長年経験したことのある孫六なら、事件にかかわることをうまく聞き出すはずだ。それに、源九郎ばかり話を訊いていたので、別の角度から訊くことができるとみたのである。

孫六は、座敷にへたり込んでいる長次郎の前にあぐらをかき、

「攫った娘は、どこにいるんだい」

と、核心から訊いた。

「し、知らねえ」

長次郎は、顔をしかめて言った。まだ、菅井の抜き打ちを浴びた脇腹が痛むようだ。

「隠居所に、閉じ込めてあるのかい」

孫六の声は穏やかだったが、長次郎を見すえた目には刺すようなひかりが宿っていた。腕利きの岡っ引きだったころを思わせるような目である。

長次郎は孫六の視線を避けるように下をむき、

「隠居所にはいねえ」

と、小声で言った。

「それじゃァ、どこにいるんだい」

「知らねえ」

長次郎が声高に言った。

「娘を攫ったのは、甚兵衛の子分たちだと分かっているんだ。器量のいい娘を攫ったが、身《み》の代金《しろきん》を取ろうともしれねえ、吉原に売り飛ばしたわけでもねえ。いまも、甚兵衛は娘たちをどこかに隠しているはずなんだ」

「……！」

長次郎は口をとじたままだったが、視線が揺れていた。

「攫った娘は、どこに隠してるんだい」

孫六が低い声で訊いた。声に重いひびきがある。

「おれは、聞いてねえ」

「甚兵衛がふだんいるのは、篠田屋か寿屋か。それとも隠居所か。そのうちのどこかに、娘たちは監禁されているはずだぜ。……おめえたちは、隠居所に出入りしてるんじゃァねえのか」

「そうだ」

「攫った娘たちは、隠居所にいねえのか」

孫六は、隠居所がひろくても、娘たちがいれば、分かるはずだと思った。声は聞こえるし、娘たちの世話をする者もいるだろう。

「いねえ」

すぐに、長次郎が答えた。

「篠田屋はどうだい」

「おれは、店に入《へえ》ったことがねえから分からねえ」

「大きな店かい」

「篠田屋は、目を引くような大きな店じゃァねえ。門前通りは、大きな料理屋が多いからな」

「そこに、攫った三人の娘を隠しておくのは無理だな。三人もの娘を閉じ込めておくような座敷はねえだろう。それに、大勢の客の目や耳を塞《ふさ》いでおくわけにはいくめえ」

「……！」

そのとき、長次郎の顔がこわ張った。攫った娘たちの監禁場所に気付いたのかもしれない。

「残るのは、隠居所のそばにある寿屋だが、通り沿いにあるのかい」

孫六が訊いた。

「と、通り沿いじゃァねえ」

長次郎の声が震えた。

「大川の岸近くかい」

「そう聞いている」

「通りから、見えるのか」

孫六が畳み掛けるように訊いた。

「見えねえ」

長次郎によると、寿屋は通りからすこし入ったところの雑木林のなかにあるという。そして、客の多くは、大川沿いにある船宿から舟に乗って、寿屋に行き来しているそうだ。

「通りからは、寿屋も客の姿も見えねえってことか」

孫六は、それだけ訊くと、

「娘たちが閉じ込められているのは、寿屋かもしれやせんぜ」

と、源九郎たちに言って、長次郎の前から身を引いた。

何日か、源九郎の家に監禁しておき、権八たちと同様、定廻り同心の村上に引き渡すことになるだろう。

四

源九郎たち四人は、長次郎と伝吉から話を聞いた翌日の朝、ふたたび浅草花川戸町に足をむけた。

源九郎たちは花川戸町に入り、長次郎たちを捕らえた場所の近くまで来ると、まず隠居所をつきとめようと思った。

源九郎たちは、通りを歩きながら目についた八百屋に立ち寄り、店先にいた親爺に、

「この近くに、甚兵衛という男の住む隠居所はないか」

と、源九郎が訊いた。すると、親爺の顔がこわばり、

「だ、旦那たちは、甚兵衛親分と何かかかわりがあるんですかい」

と、声を震わせて訊いた。甚兵衛が、ならず者たちを束ねている親分と知っているようだ。

「かかわりはないが、並木町の門前通りにある篠田屋という料理屋で飲んだときに、甚兵衛と鉢合わせしてな。立ち話になり、そのとき、甚兵衛から花川戸町に来たら隠居所に立ち寄るように言われたのだ」

源九郎は、頭に浮かんだ作り話を口にした。

「そうですかい」

親爺の顔から、警戒の色が薄れた。源九郎の話を信じたらしい。

「隠居所は、どこかな」

源九郎が声をあらためて訊いた。

「この先、しばらく歩くと、右手にありやすよ」

親爺によると、通りからすこし入ったところにある家で、黒板塀をめぐらせてあるという。

源九郎は、それだけ聞けば、隠居所はつきとめられると思い、

「手間をとらせたな」

と言い置いて、店先から離れた。

源九郎たちは川上にむかって歩いた。しだいに通り沿いの店はすくなくなり、笹藪や雑木林などが目立つようになってきた。大川は通りからすこし離れたところを流れており、場所によっては、川面が見えなくなることもあった。ただ、流れの音だけは、絶え間なく聞こえていた。

しばらく歩くと、先を歩いていた茂次が、

「隠居所は、あれか」

と言って、右手を指差した。

見ると、通りからすこし入ったところに、黒板塀をめぐらせた仕舞屋《しもたや》があった。隠居所らしい家である。

「あれだな」

源九郎も、隠居所とみた。思ったより大きな隠居所で、敷地はひろく、松や紅葉《もみじ》などの庭木が家をかこっていた。大川からは離れていて、庭木の先に遠く川面が見えている。

家の前は、吹き抜け門になっていた。門といっても丸太を二本立てただけで、門扉もなかった。自由に出入りできるようだ。通りから家の門の前まで小径《こみち》があった。

「やけに静かだな」

菅井が、源九郎に身を寄せて言った。

「あっしが、様子を見てきやしょうか」

茂次はその気になっているらしく、門につづく小径に足をむけている。

「油断するな。どこに、子分たちの目がひかっているか分からないぞ」

頭目の甚兵衛はいなかったとしても、子分たちはいる、と源九郎はみた。

「へい」

茂次は、隠居所の方へ足をむけた。

源九郎たちは通り沿いの樹陰に身を隠して、茂次の後ろ姿に目をやった。茂次に何かあれば、飛び出して助けるつもりだった。

茂次は通行人を装って、隠居所の門につづく小径の前まで行くと、辺りに目をやり、人影がないのを確かめてから踏み込んだ。

そして、門の前まで行くと、家をかこった黒板塀をたどって家に近付いた。茂次は家のそばまで行くと、黒板塀の陰に屈んだまま動かなかった。どうやら、茂次は隠居所のなかから聞こえる物音や人の声を盗み聴きしているようだ。

茂次は黒板塀のそばに屈んでいたが、いっときするとその場を離れて源九郎たちのそばにもどってきた。

「どうだ、なかの様子は」

源九郎が訊いた。

「子分たちが、何人かいるようでさァ」

茂次によると、家のなかから男たちの話し声が聞こえたという。

「武士はいたか」

源九郎は、武家言葉を遣う者がいたか訊いたのである。

「二本差しもいるようでしたぜ」

茂次が、武士らしい声も聞こえたことを言い添えた。

「やはり、ここに子分たちはいるようだ」

「甚兵衛もいるかもしれねえ」

孫六が口をはさんだ。

「当然、甚兵衛がいることもあるはずだ」

源九郎は、子分たちの隠れ家になっているだけではないと思った。甚兵衛が姿をあらわし、子分たちに指図するだろう。

「どうする」

菅井が訊いた。

「これだけの人数で、踏み込むことはできないな。……どうだ、寿屋がどこにあるか、探ってみるか」

源九郎が言った。捕らえた長次郎の話では、寿屋は雑木林のなかにあって、通りから見えないとのことだったが、源九郎は、土地の者に訊けば分かるのではないかと思った。

「あるとすれば、川上だな」

菅井が言った。

「行ってみよう」

源九郎たちはその場を離れ、川上にむかった。

源九郎たちは気付かなかったが、そのとき隠居所の板塀の陰から源九郎たちの後ろ姿に目をやっている男がいた。遊び人ふうの男だった。甚兵衛の子分のひとりである。

「やつら、この家を探っていたようだ」

男がつぶやいた。

男は源九郎たちがすこし離れると、踵《きびす》を返して家のなかに飛び込んだ。そして、別の男を連れてもどると、

「勝次《かつじ》、あいつらだ」

と言って、源九郎たちを指差した。

「跡を尾けてみるか」

勝次と呼ばれた男が言った。

「そうだな」

ふたりは、源九郎たちの跡を尾け始めた。

源九郎たちに気付かれないように、通り沿いの物陰に身を隠しながら尾けていく。


源九郎たちは、通りの右手が雑木林になっているところを探しながら歩いた。長次郎の話によると、寿屋にくる客の多くは、船宿の舟に乗ってくると聞いたので、右手に流れている大川の岸近くにあるとみたのだ。

だが、寿屋はなかなか見つからなかった。通りの右手が雑木林になっている場所もあったが、料理屋らしい建物は見当たらなかったのだ。

「訊いた方が、早いな」

源九郎は通りの左右に目をやった。

この辺りは、まだ人通りがあった。ただ、土地の住人が多いようだ。源九郎は、前からくるふたりの男を目にとめた。印半纏《しるしばんてん》に黒股引姿だった。左官か屋根葺《ふ》きといった感じの男である。普請の現場から帰るところかもしれない。

源九郎はふたりに近付き、

「ちと、訊きたいことがある」

と、声をかけた。

菅井たちは、源九郎の後方をゆっくりと歩いている。通行人を装っているのだ。

「この辺りに、寿屋という料理屋があると聞いたのだがな」

「料理屋ですかい。……この辺りは、浅草寺からすこし離れてるからなァ」

大柄な男が首をひねった。

「雑木林のなかにあると、聞いたのだ」

「林のなかですかい」

大柄な男が言うと、そばで聞いていたもうひとりの痩身の男が、

「あの料理屋かも知れねえ」

と言って、ちいさくうなずいた。

痩身の男の話によると、この先、二町ほど歩くと、通りの右手が雑木林になっていて、その林のなかに料理屋らしい建物があるという。

「客は舟で行き来しているようでしてね。客はこの道を通らねえし、地元の者も近付かねえんでさァ」

痩身の男はそう言うと、源九郎に頭を下げてから、大柄な男とふたりでその場を離れた。

源九郎は菅井たちが近付くのを待って、

「行ってみよう」

と、声をかけた。

五

二町ほど歩いたところで、源九郎は足をとめ、

「あれだ」

と言って、通りの右手を指差した。

右手に、雑木林がひろがっていた。その林の奥の雑木の葉叢《はむら》の間に、二階建ての建物が見えた。庭もあるらしく、植木らしい松や紅葉が植えられている。その先は大川になっていて、雑木林の枝葉の間からかすかに川面が見えた。流れの音も聞こえる。

源九郎たちのいる通りから、その建物にむかって小径が伸びていた。辺りに人影はなく、ひっそりとしている。

「近付いてみるか」

菅井が小声で言った。

「今日は様子を見るだけだぞ。これだけの人数で、仕掛けたら返り討ちに遭《あ》うからな」

源九郎は、小径に踏み込んだ。孫六と茂次がつづき、菅井がしんがりについた。念のため、背後からの攻撃に備えるのである。

源九郎たち四人は小径沿いの樹陰をたどるようにして、料理屋らしい建物に近付いていった。

建物は高い板塀でかこわれていた。小径の突き当たりは、門扉のある木戸門になっていた。店の裏手になっているのであろうか。料理屋の入口らしいところはなかった。

建物のなかから、人声が聞こえた。かすかな声で、はっきりしないが、男の濁声《だみごえ》と嬌声《きようせい》である。客が、女将でも相手に飲んでいるようだ。やはり、料理屋である。

源九郎たちは、足音を忍ばせて木戸門に近付いていった。

木戸門の前まで来て、門扉を押してみたがひらかなかった。閂《かんぬき》が差してあるらしい。やはり、店の裏手のようだ。

「脇へ、まわるぞ」

源九郎たちは、足音をたてないように板塀の脇にまわった。枯れ葉を踏むと音がするので、源九郎たちは抜き足差し足で板塀沿いを歩いた。

塀の内側の料理屋のなかからか男たちの声と嬌声が、はっきりと聞こえるようになった。女はひとりらしい。

「酒を飲んでいるようだ」

菅井が声をひそめて言った。

「おんなは、攫われた娘たちかもしれねえ」

茂次がつぶやいた。

「女将だろう」

源九郎が言った。女の声には、こうした酒席に慣れた感じがあった。それに、女はひとりのようだ。

源九郎たちは足音を忍ばせて、塀沿いをたどった。通りを歩いていたときに、かすかに聞こえていた大川の流れの音がしだいに大きくなった。いっとき塀沿いを歩くと、急に視界がひらけた。眼前に、大川の川面がひろがっている。

「旦那、船寄がありやすぜ」

孫六が、川岸辺りを指差して言った。

見ると、川岸に船寄があった。船寄から陸に上がると、急な斜面になっていて、石段があった。その石段は、小径につながっている。小径をたどると、料理屋の表に出られるようだ。

「客は舟で来て、ここの船寄に下りるようですぜ」

孫六が言った。

「長次郎が言っていたとおりだな」

源九郎は、長次郎が客は舟で来ると言っていたのを思い出した。

そのとき、板塀の節穴からなかを覗《のぞ》いていた菅井が、

「華町、見ろ」

と、声をひそめて言った。

源九郎が節穴から覗くと、料理屋の正面が見えた。思っていたより大きな店だった。二階にもいくつか座敷があり、客がいるようだった。その店の脇には、離れらしい建物もあった。そこにも、客を入れるらしい。

「攫われた娘たちは、この店のどこかに閉じ込められているのかもしれん」

菅井が言った。

「わしも、そんな気がする」

様子を見て、攫った娘たちにも、客の相手をさせるのかもしれない、と源九郎は思った。

「どうしやす」

孫六が聞いた。

「今日はこれまでだな」

源九郎は、この場にいる四人だけではどうにもならない、と思った。ここに踏

み込むには、甚兵衛の子分たちがどれほどいるか探ってからである。場合によっては、栄造に話して町方にまかせることになるかもしれない。

「もどるぞ」

源九郎が菅井たちに声をかけ、板塀沿いを引き返した。そして、料理屋の裏手まで来ると、小径をたどって通りへ出た。

そのときだった。通り沿いの樹陰から、ばらばらと男たちが走り出た。

「敵だ！」

めずらしく菅井が、甲走った声を上げた。

源九郎たちは、隠居所の板塀の陰から見ていた男に気付かなかったが、男は仲間とふたりで源九郎たちの跡を尾けていたのだ。源九郎たちが寿屋を探っているのを目にすると、隠居所に駆けもどり、仲間を連れてこの場で、待ち伏せしていたのである。

走り出た男は、七人だった。数日前、はぐれ長屋を襲った者が多い。七人のなかには、十文字斬りを遣う武士と中背の武士もいた。ほかにも、顔を見た男が何人かいる。

……四人では、太刀打ちできない！

と、察知した源九郎は、すばやく周囲に目をやった。すこし川下にいったところに、表戸をしめた小体《こてい》な店があった。何の商売をしていた店か分からないが、商いをやめていまは空き家のようだ。

「そこの店まで、走れ！」

と、源九郎が声をかけ、空き家になっている店にむかって走った。菅井、茂次、孫六の三人が、慌てて源九郎の後を追った。

「逃がすな！」

顔の浅黒い三十がらみの男が、声を上げた。この男は兄貴格で、まとめ役らしかった。はぐれ長屋にも来ていた。

武士と遊び人ふうの男たちが、源九郎たちを追ってきた。

六

源九郎と菅井が家の前に並んで立ち、ふたりの後方に、茂次と孫六が身を寄せた。源九郎と菅井で、茂次たちを守ろうとしたのだ。

そこへ、ふたりの武士と五人の遊び人ふうの男が走り寄った。源九郎の前には、以前立ち合った十文字斬りを遣う長身の武士が立ち、菅井の前には中背の武士が近寄ってきた。菅井も、中背の武士と切っ先を合わせたことがある。

他の男たちは二手に分かれ、両脇から茂次と孫六に近寄ろうとした。だが、背後にある家との間が狭いため、すこし間を置いて立った。茂次と孫六のそばへ行けないのだ。男たちは手に匕首を持ち、間があいたら、踏み込もうと身構えている。

孫六は十手を取り出し、茂次は懐に入れてきた匕首を取り出した。ふたりは、ひき攣《つ》ったような顔をしていた。こうした刃物を持った相手との闘いには、自信がなかったのだ。

源九郎の前に立った長身の武士は、

「今日こそ、おれの十文字斬りで仕留めてやる」

と、言いざま刀を抜いた。

「やるしかないようだ」

源九郎も抜いた。

すると、長身の武士の脇にいた中背の武士も、

「菅井、命はもらったぞ」

と声をかけて、抜刀した。どうやら、菅井の名をどこかで聞いて知ったらし

い。


「おぬしの名は」

菅井が訊いた。

「名など、どうでもいい」

言いざま、中背の武士は青眼に構えた。

「名無しか。……冥土《めいど》の土産に、おれの居合を見せてやる」

菅井はゆっくりとした動きで左手で柄を握り、刀の鯉口を切った。そして、右手を柄に添え、居合の抜刀体勢をとった。

菅井と中背の武士との間合は、およそ三間——。まだ、居合の抜き打ちで仕留める間合の外である。

菅井は居合の抜刀体勢をとり、中背の武士は青眼に構えたまま動かなかった。ふたりは全身に気勢をこめ、気魄《きはく》で敵を攻めている。

このとき、源九郎は長身の武士と対峙《たいじ》していた。ふたりとも、三間ほどの間合をとったまま、刀の柄に右手を添えただけで抜刀していなかった。

「おぬしほどの腕がありながら、なにゆえやくざ者たちの仲間にくわわっている」

源九郎が、長身の武士を見すえて訊いた。

「剣の腕では、食っていけぬからな。それに、おれの遣う剣は、道場では遣えぬ」

長身の武士が嘯《うそぶ》くように言って、ゆっくりとした動作で刀を抜いた。

「やるしかないようだ」

源九郎も刀を抜いた。

「ゆくぞ」

長身の武士は、青眼に構えた刀を引き、切っ先を背後にむけて脇構えにとった。以前対決したときと同じ動きである。

その構えは、通常の脇構えとはちがっていた。後方にむけた切っ先を上げて、刀身をほぼ水平にとったのだ。

……十文字斬りか。

源九郎は、驚かなかった。以前、闘ったとき、十文字斬りの構えを目にしていたからだ。源九郎は敵の目線につけていた切っ先を下げ、胸の辺りにむけた。脇構えに対応するためである。

ふたりはいっとき全身に気勢を込め、斬撃の気配を見せて気魄で攻めていたが、長身の武士が先《せん》をとった。

「いくぞ！」

と、声をかけ、足裏を摺るようにしてジリジリと間合を狭めてきた。

……このまま間合に入られたらかわせぬ！

源九郎は青眼に構えたまま、すこしずつ右手に動いた。一度、十文字斬りと対戦した経験から、動きながら闘えば、勝機があるとみたのだ。

すると、長身の武士の寄り身がとまった。そして、脇構えをとったまま右手に体をむけようとした。そのとき、長身の武士の構えがくずれた。水平にとっていた切っ先が、わずかに下がったのだ。この一瞬の隙を、源九郎がとらえた。

タアッ！

源九郎は鋭い気合を発し、踏み込みざま袈裟に斬り込んだ。神速の斬撃である。

一瞬、長身の武士の反応が遅れたが、すぐに脇構えから刀身を横に払った。

バサッ、と長身の武士の小袖が斜に裂けた。源九郎の切っ先が、長身の武士の肩先をとらえたのだ。

一方、源九郎も、長身の武士の切っ先を浴びていた。左袖が横に裂けている。一合した次の瞬間、ふたりは大きく後ろに跳んで間合をとった。ふたりとも、敵の二の太刀を恐れたのである。

「初手は、互角か」

長身の武士が、源九郎を見すえて言った。

「そうかな」

源九郎は、互角ではないとみた。長身の武士は、あらわになった肩先が血に染まっていた。浅手だが、源九郎の切っ先を浴びたのだ。

源九郎は、左袖を裂かれたが無傷だった。

ふたりは、ふたたび対峙し、青眼と十文字斬りの脇構えをとった。

源九郎と長身の武士が、あらためて構えあったとき、孫六と茂次の脇から匕首を手にした男たちが、近付いてきた。源九郎だけでなく菅井もすこし前に出て、両脇に間ができたからである。

匕首を手にした男が、両脇からふたりずつ迫ってくる。

「と、とっつァん、殺《や》られるぜ」

茂次が声を震わせて言った。

「茂次、あそこに、お侍が三人いる。あの三人を呼べ。おれは、呼び子を吹く」

孫六は、すぐに懐から呼び子を取り出し、顎を突き出すようにして吹いた。

ピリピリピリ……、と呼び子の甲高い音が、辺りにひびいた。

すると、すこし離れたところに立った見ていた数人の野次馬のなかから、「町方だぞ」「捕物らしい」などという声が聞こえた。だが、野次馬たちは動かなかった。大勢が刃物を手にして闘っているので、巻き添えを食うのを恐れたのだろう。

「お侍さま！　助けてくだせえ。こいつら、盗賊でさァ！」

茂次が叫んだ。野次馬たちのなかにいる三人の武士に、助けを求めたのである。御家人であろうか。三人とも、羽織袴姿で二刀を帯びていた。

三人の武士は、すぐには動かなかった。戸惑うような顔をして、その場に立っている。すると、そばにいた野次馬たちが、「お武家さま、助けてくだせえ」「町方が、殺られちまう」などと口々に声をかけた。

野次馬たちの声を聞いた三人の武士は、源九郎たちが闘っている近くに走り寄り、

「助太刀いたす！」

と、三人のなかでは年配の武士が、声をかけた。すると、いっしょに来た他のふたりが、腰の刀を抜いた。

これを見た一味の兄貴格の男が、

「逃げろ！　邪魔者が入った。……旦那たちも、引いてくだせえ」

と叫んで、後じさった。

源九郎たちを襲った他の男たちも、すぐに身を引いて走りだした。三人の武士と闘う気はないらしい。

「勝負はあずけた」

そう言って、長身の武士は後じさった。そして、源九郎から間を取ると、逃げていく男たちの後を追った。

もうひとりの中背の武士も、素早い動きで菅井から間を取り、長身の武士の後を追って走りだした。

源九郎は、ほっとした顔で、

「孫六と茂次のお蔭で、命拾いした」

と声をかけ、手にした刀を鞘《さや》に納めた。

そして、孫六が、助けてくれた三人の武士に礼を言い、頭を下げてその場を離れた。源九郎たち三人も、武士たちに頭を下げてから孫六につづいた。

源九郎たちは、大川の川下にむかって歩いた。今日は、このままはぐれ長屋に帰るつもりだった。

第五章　襲撃

一

「平太、店を覗《のぞ》いていた男が、いたようだな」

安田が、平太に小声で訊《き》いた。

ふたりがいるのは、大増屋の店内だった。売り物の瀬戸物を並べた棚の脇に立って、店の外に目をやっている。

安田は、店の千助《せんすけ》という小僧が、「店を覗いていた男がいた」と口にしたのを耳にし、平太に訊いたのだ。

大増屋には、宗兵衛夫婦と娘のおきよ、それに奉公人が三人いるだけだった。奉公人は番頭格の松造《まつぞう》と小僧がふたりである。それでも、瀬戸物屋に奉公人が三人もいるような大きな店は、めずらしかった。

「あっしも、見やした」

平太が、こわばった声で言った。

「どんな男だった」

「遊び人ふうの男で、店のなかを覗くように見てやした」

「人攫《ひとさら》い一味が、様子を見に来たのではないか」

その男は、瀬戸物を買うために覗いていたのではない、と安田は確信した。

「そうかもしれねえ」

「これから、店に踏み込んでくるかもしれんぞ」

安田は、平太とふたりで大増屋に来るようになって、人攫い一味の動きがまったくないので、かえって気になっていたのだ。

七ツ半（午後五時）ごろだった。一味が踏み込んでくるとすれば、暮れ六ツ（午後六時）ちかくであろう。

「安田の旦那、どうしやす」

平太の顔が、強張《こわば》っていた。

「いまから、騒ぐことはないが、念のため、奥にいるおきよの家族に話してこい。人攫い一味が押し入ってきたら、手筈《てはず》どおり、おきよを納戸に隠せとな」

安田は、宗兵衛夫婦に一味が押し入ってきたら、おきよを納戸に隠し、一味に、おきよは親戚に預けてある、と言うように話してあったのだ。

「話してきやす」

平太は、すぐに店の奥にむかった。

大増屋は、瀬戸物を並べたひろい売り場の先に、狭い帳場があった。そこに、番頭格の松造がいることが多かった。その奥に、宗兵衛の家族が使っている居間、さらに食事をする座敷、裏手には台所と納戸がある。家族の寝間は二階だった。

居間に、宗兵衛、女房のおふく、それにおきよの三人がいた。何やら話している。平太が障子をあけて顔を出すと、三人は不安そうな顔を平太にむけた。

「な、何か、ありましたか」

宗兵衛が声をつまらせながら訊いた。

「はっきりしねえが、今日あたり、人攫い一味が踏み込んでくるかもしれやせん」

平太の声は、昂《たかぶ》っていた。

おふくとおきよの顔が強張り、体が顫《ふる》えだした。

「一味が踏み込んできたら、手筈どおり、おきよさんは、納戸に隠れてくだせえ」

さらに、平太が言った。

「わ、分かりました」

宗兵衛の声が震えた。平太に、不安そうな目をむけている。

「念のためです。安田の旦那は、腕がたちやす。ひとりも、店の奥には入れねえはずでさァ」

平太が強い声で言った。

するると、居間にいた三人の顔がすこしやわらいだ。

「あっしは、表にいやす」

平太が、店にもどろうとすると、

「待って」

と、おきよが声をかけ、すぐに平太のそばに来た。

平太は足をとめ、おきよに目をむけた。

「平太さん、危ないことはしないで」

おきよの目が涙ぐみ、花弁のような可愛い唇が震えていた。

平太の心ノ臓が高鳴り、おきよを抱き締めたい衝動にかられたが、身を硬くしたまま、

「お、おきよさん、賊が踏み込んできたら、納戸に隠れてくだせえ」

と言い置き、踵《きびす》を返した。

平太は店の表にもどりながら、胸の内で、「おきよを、おれの手で人攫い一味から守るんだ」と叫んだ。

平太が店の表にもどると、安田が店先に立って通りに目をやっていた。

「安田の旦那、宗兵衛さんたちに話してきやした」

平太が声をひそめて言った。

「そうか。……まだ、踏み込んでくるには早いな」

安田は、通り沿いにある店に目をやり、「店をしめるころだ」とつぶやいた。

どの店も、まだ商いをつづけていた。通りを行き来する人の流れも、ふだんと変わりなかった。

それから半刻（一時間）ほどすると、通りのあちこちで、表戸をしめる音が聞こえてきた。店仕舞いを始めたのである。行き交うひとの姿もまばらになった。

一日の仕事を終えた出職の職人や物売りらが、足早に通り過ぎていく。

大増屋も店をしめ始めた。ふたりの小僧が、先に店の前に並べた瀬戸物類を店内に運び入れている。

そのとき、店先で通りに目をやっていた安田が、

「来たぞ!」

と、声を上げた。

平太は、通りの左右に目をやった。五人の男が、両国橋の方から小走りに近付いてくる。武士がひとり、町人体の男が四人である。

「武士は、長屋に踏み込んできた男だ」

安田が言った。中背の武士である。五人のなかに、十文字斬りを遣う長身の武士の姿はなかった。人攫い一味は大増屋の娘を攫うのに、それほどの人数はいらないとみたのだろう。

「平太、すぐに宗兵衛たちに知らせろ!」

安田の声も昂っていた。

「へい!」

平太はおきよたちのいる場に、すっとんでいった。すっとび平太と呼ばれるだ

けあって、こうした動きも速かった。

二

平太は、宗兵衛の家族のいる居間に飛び込んだ。宗兵衛、おふく、おきよの三人は、不安そうな顔で平太を見た。

「店に、人攫い一味がきやす。おきよさんは、手筈どおり納戸に身を隠してくだせえ」

平太は落ち着いた声で言おうとしたが、声が震えた。

「人攫いがくる」

おきよが、蒼《あお》ざめた顔で言った。体が顫えている。

宗兵衛も顔を強張らせていたが、

「おきよ、納戸に隠れていれば、大丈夫だ」

そう言って、おきよの手をとって立たせた。すると、母親のおふくも立ち上がり、おきよのそばについた。

「あっしは、ここで見張ってやす」

平太はそう言って、居間の脇に立った。

平太がその場に立って、いっときすると、宗兵衛ひとりだけが戻ってきた。

「おふくさんは」

平太が訊いた。

「おきよのそばについてます」

「その方がいいな」

当初、おきよがひとりで納戸に隠れることになっていたが、母親がそばにいた方が安心である。

「あっしは、店にもどりやす」

そう言い残し、平太は店先にもどった。

店の戸口にいた安田が、中背の武士とむき合っていた。そのまわりに、四人の男がいた。遊び人ふうの男や職人体の男、それにひとり渡世人ふうの男もいた。この男も、はぐれ長屋に踏み込んできたひとりである。

四人の男は、安田の脇から店のなかに踏み込もうとしていた。

「平太、こいつらに、瀬戸物を投げ付けろ！」

安田が叫んだ。

平太は、店の売り場の近くにいたふたりの小僧と番頭格の松造に、「瀬戸物を投げろ」と声をかけた。そして、近くにあった湯飲みを手にすると、戸口に近付いてきた四人の男にむかって投げ付けた。

ギャッ！　と叫び声を上げ、ひとりの男がよろめいた。投げた湯飲みが男の頭に当たったのだ。これを見たふたりの小僧が、湯飲みや茶碗を手にして四人の男にむかって投げた。後ろにいた松造も、ひき攣《つ》ったような顔をして投げ付けた。店に入ってこようとした四人は悲鳴を上げ、頭や顔を両手でおおって後ろに逃げた。

このとき安田は、中背の武士と対峙《たいじ》していた。ふたりとも刀を青眼に構え、斬撃の間境近くにいた。

武士は仲間たちが瀬戸物を投げ付けられ、戸口から逃げるのを見て、

「おのれ！」

と声を上げ、一歩踏み込んだ。早く安田を斬り、平太や店の奉公人たちを始末しようと思ったらしい。

だが、武士の怒りが、平静さを失わせた。両腕に力が入り、切っ先が震えた。この一瞬の隙を安田がとらえた。

タアッ！

安田は鋭い気合を発して斬り込んだ。

踏み込みざま袈裟《けさ》へ――。

咄嗟《とっさ》に、武士は、刀を振り上げて安田の斬撃を受けようとした。だが、一瞬遅れた。

安田の切っ先が、武士の肩から胸にかけて深く斬り裂いた。武士は身をのけぞらせ、後ろによろめいた。

武士の小袖が裂け、あらわになった胸から血が噴き出た。武士は足をとめて、刀を構えようとしたが、腕が上がらなかった。苦しげな呻《うめ》き声が口から洩《も》れている。

ふいに、武士の体が揺れた。そして、体を支えようとして右足を前に出したとき、腰からくずれるように転倒した。

武士は俯《うつぶ》せに倒れた。起き上がろうとして四肢を動かしていたが、顔を上げることもできなかった。傷口から迸り出た血が、地面を赤く染めている。

安田は、武士といっしょに踏み込んできた四人の男に目をやった。平太たちに瀬戸物を投げ付けられて、逃げ惑っている。

安田は浅黒い顔の男に目をつけた。駒造らしい。安田は源九郎から薬研堀で襲われたとき、顔の浅黒い駒造という名の男がいたことを聞いていたのだ。安田は駒造を捕らえ、人攫い一味のことを聞き出そうと思った。

安田は刀身を峰に返し、素早い動きで駒造に身を寄せた。駒造は安田が迫ってくるのを目にすると、逃げようとして反転した。

「逃がさぬ！」

叫びざま、安田が刀身を横に払った。一瞬の太刀捌《たちさば》きである。

安田の峰打ちが、駒造の脇腹を強打した。駒造は悲鳴を上げてよろめいたが、足がとまると、その場にうずくまった。右手で脇腹を押さえて、苦しげな呻き声を上げている。

これを見た他の三人は、悲鳴を上げて店先から逃げだした。平太と三人の奉公人は、逃げる三人の姿を目にし、ほっとした顔をして店の前に出てきた。

平太は安田のそばに走り寄り、うずくまっている駒造に目をやり、

「人攫い一味をやっつけた！」

と、声を上げた。そこへ、ふたりの小僧と松造が、近付いてきた。三人は、まだ湯飲みや茶碗を手にしていた。

「もう、心配ない。これで、人攫いたちは大増屋に手を出さないはずだ」

安田が言うと、

「旦那やおきよさんに、知らせてくる」

平太はそう言い残し、店内に飛び込んだ。

安田は平太がもどるのを待って、駒造を連れてはぐれ長屋に帰った。源九郎たちといっしょに、駒造から話を訊くつもりだった。

すでに、長次郎と伝吉も、栄造を通じて同心の村上に引き渡され、源九郎の家にはいなかった。

三

長屋は夜陰につつまれていた。まだ、戸口から灯《あかり》の洩れている家もあったが、ほとんどの家が寝静まっている。

源九郎の家だけは、明るかった。座敷には、源九郎、菅井、安田、孫六の四人と、安田と平太が捕らえてきた駒造の姿があった。平太、茂次、三太郎は、それぞれの家にもどっている。

駒造は後ろ手に縛られていた。顔をしかめ、苦しげに呻き声を上げている。

「駒造、いっしょに踏み込んできた武士の名は」

安田が訊いた。

駒造は戸惑うような顔をしたが、

「弥島泉三郎《やじませんざぶろう》でさァ」

と、小声で言った。殺された者の名まで、隠すことはないと思ったのだろう。

「牢人だな」

「…………」

駒造は、無言でうなずいた。

「おまえたちの親分は、甚兵衛だな」

安田が念を押すように訊いた。

駒造はいっとき、口をとじていたが、

「そうでさァ」

と、小声で言った。すでに、親分の名は安田たちに知られているとみたのだろう。

「いっしょにきた子分たちは、ふだんどこにいるのだ」

安田が訊いた。

「花川戸町の親分のところでさァ」

駒造が答えると、安田の脇で聞いていた源九郎が、「わしから、訊いてもいいか」と安田に声をかけてから、

「親分がいるのは、隠居所か」

と、駒造を見すえて訊いた。

「そうで」

「弥島も、隠居所にいたのか」

「へえ」

駒造が首をすくめるようにしてうなずいた。

「隠居所の近くに、寿屋という料理屋があるな」

隠居所からは、すこし離れていたが、源九郎はそう訊いた。

駒造は戸惑うような顔をして口をつぐんでいたが、「ありやす」と小声で言った。源九郎たちに知られているとみて、隠しても仕方がないと思ったらしい。

「親分は、寿屋にいることが多いのではないか」

「ちかごろは、寿屋にいることが多いようで」

駒造が小声で答えた。

源九郎はいっとき間を置いてから、駒造を見すえ、

「おまえたちが攫った娘たちは、どこにいるのだ」

と、語気を強くして訊いた。

駒造は顔をしかめたまま口をつぐんでいた。強打された脇腹が痛むのだろうが、娘の居所を口にしたくない気持ちもあるようだ。

「寿屋ではないのか」

源九郎が寿屋の名を出すと、駒造の視線が揺れた。

「寿屋だな！」

源九郎が鋭い声で訊いた。

駒造は驚いたような顔をして、源九郎を見た後、ちいさくうなずいた。

「寿屋のどこだ」

駒造はいっとき躊躇《ちゅうちょ》していたが、

「離れでさァ」

と、つぶやいた。源九郎に追及されて、隠す気が薄れてきたらしい。

「店の脇にある離れだな」

源九郎は寿屋をかこった板塀の節穴から覗いたとき、料理屋の脇にある離れら

しい建物を目にしていたのだ。

「そうでさァ」

駒造が小声で答えた。

「これまでに攫った娘は三人らしいが、吉原にでも売るつもりだったのか」

源九郎は、吉原に売る気はないとみていたが、駒造に喋《しゃべ》らせるためにそう訊いたのである。

「そうじゃァねえ」

「では、何のために攫ったのだ」

「客の酌をさせるためで……」

駒造が首をすくめて言った。狡猾《こうかつ》そうな目をし、口許に薄笑いが浮いたが、すぐに顔をしかめた。脇腹が痛むようだ。

「酌なら、まだ子供のような娘にさせることはあるまい。それに、攫わなくとも酌をさせる女なら、いくらでも雇えるはずだ」

源九郎の語気が強くなった。

「客に抱かせるんでさァ」

「なに、抱かせるだと！」

源九郎の顔に、強い怒りの色が浮いた。まだ、子供といってもいい十二、三歳の娘を、男に抱かせるために攫ったというのだ。

その場にいた菅井たち三人の顔にも、驚きと怒りの色があった。

「まだ、餓鬼のような娘を好む客がいやしてね。あれだけの上玉なら、大金を出しても抱くはずでさァ」

駒造が、また薄笑いを浮かべた。

「これまで攫った三人は、男に抱かれているのか」

源九郎の顔から、怒りの色が消えなかった。

「まだでさァ。いまは、餓鬼の好きな旦那に酌をさせているだけにしてるようで」

駒造によると、攫った娘は、あまりにも初《うぶ》なので、すこし男に慣れさせてから、抱かせるらしいという。

「そうか」

源九郎は、ほっとした。いま、攫われた娘たちを助け出せば、それほど傷付かずにすむはずだ。

源九郎は、最後に駒造たちの仲間の長身の武士の名を訊いた。

「浦上重兵衛《うらがみじゅうべえ》でさァ」
駒造が、つぶやくような声で言った。
駒造もはぐれ長屋に監禁し、日を置かずに村上に渡すことになるだろう。

四

源九郎たちは、すぐに動いた。駒造から話を聞いた翌朝、攫われた娘たちを助け出すために、花川戸町にむかうことにした。間を置くと、駒造が捕らえられたことを甚兵衛たちが知り、攫った娘たちを離れから別の場所に隠す恐れがあったからだ。

源九郎たちはぐれ長屋の七人だけでは、人数がすくないので栄造の手も借りることにした。借りるというより、栄造自身、人攫い一味を捕縛するために源九郎たちといっしょに動いていたので、娘たちの監禁場所をつき止めたことを話せば、喜んでくわわるはずである。

源九郎たちは、諏訪町で栄造と会って話をした後、二手に分かれた。舟で大川を遡《さかのぼ》り、寿屋の前の船寄まで行って店の表から踏み込む者たちと、大川沿いの道をたどって寿屋の裏手から踏み込む者たちとに分かれたのだ。甚兵衛たちを逃がさぬように、挟み撃ちにするのである。

舟で行く者は、源九郎、菅井、茂次、平太の四人。大川端の道から行く者は、安田、孫六、三太郎、それに栄造だった。

「暮れ六ツごろ、寿屋の裏手まで来てくれ」

源九郎が、別れ際に孫六に言った。同時に踏み込むためには、現場で顔を合わせてからになる。

「承知しやした」

孫六がうなずいた。孫六はいつになく緊張していた。いよいよ、甚兵衛を捕らえ、娘を助け出すことになったからだろう。

源九郎たち四人は、近くにある船宿の桟橋から舟に乗った。栄造が船宿のあるじに、舟を一艘出すように頼んでくれたのだ。

源九郎たちが舟に乗り込むと、

「吾妻橋より上流ですかい」

艫《とも》に立った船頭が訊いた。

「そうだ。花川戸町だがな。寿屋という料理屋があるのを知らないか」

源九郎は、この辺りの船宿の船頭なら、吉原に客を送迎するときに、舟で大川の花川戸町寄りを通るはずなので、寿屋を知っているとみたのだ。

「知ってやすよ」

すぐに、船頭が言った。

「寿屋の前に、船寄がある。そこに舟をとめてくれないか」

「承知しやした」

船頭は、「舟を出しやすぜ」と声をかけてから、水押《みよし》を上流にむけて、艪《ろ》を漕ぎだした。

源九郎たちの乗る舟は、水押で川面を分けながら川上にむかっていく。

いっときすると、舟は吾妻橋の下をくぐり、水押を左手にむけて岸に近付いた。左手の川沿いに広がる地が、花川戸町である。

「舟をとめやすぜ」

船頭が声をかけ、左手の岸にある船寄に舟を近付けた。

舟が船寄に着くと、

「帰りはどうしやす」

船頭が訊いた。

「帰りは歩いて帰るつもりだ。それに、遅くなるからな」

源九郎は、監禁されている娘を助けた後、いったんそば屋の勝栄に立ち寄るつもりだった。そこで、朝まで過ごすことになるのだろう。助けた娘たちを家まで送っていくのは、翌朝である。

源九郎たちが船寄に下りると、すでに川岸の樹陰には、淡い夕闇が忍び寄っていた。そろそろ暮れ六ツになるだろう。

源九郎たちが、寿屋につづく坂道を登り始めると、かすかに男の哄笑《こうしょう》や話し声などが聞こえてきた。寿屋の客の酒席の声であろう。

源九郎たちは寿屋の近くまで行くと、道沿いの樹陰に身を隠すように歩き、いったん板塀の陰に身を隠した。その辺りは、雑木林のなかで、辺りは薄暗かった。

「茂次、塀沿いをたどって、店の裏手に孫六たちが来ているか、みてきてくれ」

源九郎が声を殺して言った。

「承知しやした」

そう言い残し、茂次は足音をたてないように忍び足で、塀沿いを裏手にまわった。

源九郎たちがその場でいっとき待つと、茂次が孫六を連れてもどってきた。

「裏手は、変わりないか」

源九郎が孫六に訊いた。

「ちょいと前《めえ》に、浦上が店の裏から顔を出しやしたぜ」

孫六が声をひそめて言った。

「浦上だけでなく、隠居所にいる子分たちも、ここに来ているかもしれんぞ」

「あっしも、そうみてやす」

「いずれにしろ、離れに閉じ込められている娘たちを助け出すのが先だな。裏手から踏み込んだら、店には入らず、離れに来てくれ」

当初、店の表と裏から踏み込んで、挟み撃ちにするつもりだったが、浦上たちがいるとなると別である。浦上たちとやりあっている間に、娘たちを別の場所に連れ去るかもしれない。

「承知しやした」

孫六は足音を忍ばせて、裏手にもどった。

辺りは淡い夕闇に包まれていたが、木々の陰などの闇はだいぶ深くなってきた。

源九郎は頃合いとみて、

「店の表にまわって、踏み込むぞ」

と、その場にいる菅井たちに声をかけた。

源九郎たち四人は、足音を忍ばせて寿屋の正面にもどった。寿屋の座敷から洩れる灯が、濃い夕闇のなかに明るくかがやいている。

寿屋の正面は、庭になっていた。松や紅葉《もみじ》、梅などの庭木が植えられている。

源九郎たちはそうした木々の陰をたどりながら、店の脇にある離れにむかった。

離れからも、かすかに灯の色が洩れていた。源九郎たちは足音を忍ばせて、離れの入口にむかった。幸いその辺りは、寿屋の陰になって闇が濃かった。その闇のなかに、源九郎たちは身を隠して、孫六たちが近付くのを待った。

「裏手から来やす！」

茂次が声を殺して言った。

かすかに足音がした。目をやると、夕闇のなかに黒い人影が見えた。孫六たち四人である。

源九郎は孫六たちが近付くと、

「わしらは、離れの表から踏み込む。孫六たちは、背戸のある方へまわってくれ」

そう指示した。離れの中にいる子分が娘たちを連れて、背戸から逃げようとするのではないか、と源九郎はみたのだ。

「承知しやした」

孫六が声をひそめて応えた。

五

源九郎は、孫六たち四人が裏手にまわった頃合いをみて、

「行くぞ」

と、その場にいた菅井たちに声をかけた。

源九郎たちは、足音を忍ばせて離れの入口に近付いた。離れのなかから、人の声が聞こえる。男の声である。武士ではなく、町人らしい。女の声は聞こえなかった。娘たちは、離れの奥にいるのであろうか。

茂次が入口の格子戸に手をかけ、

「あきやすぜ」

と、声を殺して言った。

「踏み込むぞ」

源九郎が、背後にいる菅井と平太に目をやって言った。

すると、茂次が音をたてないようにそろそろと格子戸を引いた。なかは薄暗かった。

源九郎たちは、敷居を跨《また》いだ。土間に平石が敷いてあり、その先が狭い板敷きの間になっていた。山水の絵が描かれた屏風《びようぶ》が立ててある。上客相手の料理屋らしい洒落《しやれ》た造りである。

源九郎たちは、土間に立って周囲に目をくばった。右手に廊下があり、その廊下沿いに座敷があるようだ。

……だれかいる！

源九郎は、屏風が立ててある先の部屋に、ひとがいるのを察知した。

背後にいる菅井もひとの気配に気付いたらしく、左手で刀の鍔元《つばもと》を握って、鯉《こい》口《ぐち》を切った。いつでも抜刀できる体勢をとったのだ。淡い闇のなかで、菅井の双《そう》眸《ぼう》が青白くひかっている。

源九郎も左手で鯉口を切り、足音をたてないように土間に踏み込んだ。菅井がつづき、茂次と平太が後からついてきた。

源九郎と菅井が、土間から板敷きの間に踏み込もうとしたときだった。

屏風の先の部屋で、ひとの立ち上がる気配がし、

「だれだ！」

と、男の声がした。源九郎たちに気付いたようだ。すぐに複数のひとの立ち上がるような音がし、廊下側の障子があいた。

「来るぞ！」

菅井が言い、源九郎より先に板敷きの間に上がった。そして、居合の抜刀体勢をとった。

源九郎も、板敷きの間に上がって刀を抜いた。茂次と平太は、土間に残っている。板敷きの間は狭く、何人も上がれないのだ。

廊下に人影があらわれた。遊び人ふうの男がふたり。手に匕首《あいくち》を持っている。おそらく、甚兵衛の子分であろう。

「踏み込んできたぞ！」

前にいる大柄の男が叫んだ。奥にいる仲間に、知らせたようだ。

菅井は居合の抜刀体勢をとったまま、つつッ、と素早い動きで板間を進み、大柄の男に近付いた。

これを見た大柄な男が、

「野郎、殺してやる！」

と叫びざま、匕首を手にしたまま踏み込んできた。

その男が、居合の抜き打ちを放つ間合に入った刹那《せつな》、菅井の体が伸び上がったように見えた。

刹那、閃光《せんこう》が袈裟にはしった。菅井が、抜刀したのだ。その切っ先が、踏み込んできた男をとらえた。

ザクリ、と男の肩口から胸にかけて、小袖が裂けた。次の瞬間、あらわになった胸に血の線がはしり、血飛沫《ちしぶき》が飛び散った。

男は苦しげな呻き声を上げ、血を撒《ま》きながらよろめいた。そして、板敷きの間まで来てから、前につんのめるように倒れた。俯せに倒れた男は苦しげな呻き声を上げて、身を捩《よじ》っている。

これを見たもうひとりの男が、

「二本差しが、踏み込んできた！」

と叫び、廊下を走って奥に逃げた。

その声を聞き付けたのか、さらに奥で障子のあく音がし、ふたりの男が姿を見せた。ひとりは、長脇差《ながわきざし》を持っている。

源九郎たちは、長脇差を持っている男に見覚えがあった。長屋に踏み込んできたひとり、渡世人ふうの男である。

源九郎は、すばやく菅井の前に出た。菅井が抜刀してひとり斬ったので、源九郎が渡世人ふうの男の相手をしようと思ったのだ。

源九郎は、抜き身を手にしたまま廊下に出た。渡世人ふうの男は、源九郎と対峙すると、

「殺してやる！」

と、叫びざま、長脇差の切っ先を前に突き出すように構えた。青眼にしては両腕が前に伸びて腰が浮いているが、一撃必殺の気魄《きはく》があった。これまでの喧嘩《でいり》で、ひとを斬ったことがあるのだろう。

「こい！」

源九郎は、刀身を寝かせ低い八相に構えた。廊下は狭く、刀を大きく振りまわすことができないのだ。

源九郎が、一歩踏み込んだ瞬間、

「死ね！」

男が叫びながら、斬りつけてきた。

長脇差を振り上げざま、袈裟へ――。体ごとつっ込んでくるような斬撃だった。

源九郎は、すばやく右手に体を寄せて男の切っ先をかわすと、刀を袈裟に払った。一瞬の太刀捌きである。

源九郎の切っ先が男の首を斬り裂き、血飛沫が飛び散った。バラバラと音をたてて、血が障子に当たり、赤い花弁を散らしたように染めた。

男は前によろめき、足を滑らせて前につんのめるように転倒した。男は悲鳴も呻き声も上げなかった。俯せになったまま動かず、四肢を痙攣《けいれん》させている。

「華町、見事だ！」

菅井が源九郎に声をかけた。

このとき、土間にいた茂次と平太も姿を見せた。

「娘たちを捜すのだ」

源九郎はそう声をかけ、廊下を奥にむかった。

廊下沿いに、座敷があった。廊下の突き当たりは、板間になっているのであろうか。闇のなかに、かすかに流し場が見えた。

源九郎は廊下を進み、表から三部屋目まで来たとき、障子のむこうからかすかに女の声が聞こえた。その声に、怯《おび》えているようなひびきがあった。

……ここだ！

源九郎は、胸の内で声を上げた。

六

源九郎は障子をあけた。闇のなかに、人影が見えた。三人いる。白い顔が、ぼんやりと浮かび上がったように見えた。娘らしい。

源九郎は座敷に踏み込んだ。後に菅井たち三人がつづいた。

三人の娘が、後ろ手に縛られていた。攫われた娘たちであろう。

「人攫いに、連れてこられたのか」

源九郎が、手前にいた娘に訊いた。

娘は怯えるような目で源九郎を見ていたが、

「は、はい」

と、涙声で言った。

「助けにきたのだ。親元に、帰してやるぞ」

そう言って、源九郎は娘の背後にまわった。

すると、茂次と平太が、他のふたりの娘の後ろにまわり、両腕を縛ってある紐《ひも》を解いた。

この間、菅井は廊下近くに立って、辺りに目を配っていた。甚兵衛の手先が踏み込んでこないか、見ていたのである。

三人の娘の紐を解いて立たせ、

「歩けるか」

と、源九郎が訊いた。

「は、はい」

ひとりの娘が応えると、他のふたりもうなずいた。

「こっちだ」

源九郎が先に立ち、廊下に出た。

源九郎は、離れの裏手に出るか表にするか迷ったが、表に出ることにした。源九郎たちが離れに入ったとき、近くに人影がなかったからである。

「菅井、背戸の近くにいる孫六たちに、表にまわるよう伝えてくれ」

「おれが、孫六たちを連れてくる」

すぐに、菅井は廊下を裏手にむかった。

源九郎、茂次、平太の三人は、助け出した三人の娘を連れて、表の戸口から外に出た。辺りは、夜陰につつまれていた。寿屋の座敷は明るい灯につつまれ、二階の座敷の酒席から男の濁声《だみごえ》や哄笑などが聞こえてきた。だが、一階からは男の怒鳴り声や廊下を走るような音がした。

「気付かれたようだ」

源九郎が、寿屋に目をやりながら言った。寿屋にいる甚兵衛や子分たちは、源九郎たちが、離れに監禁している娘たちを助けにきたことを察知したようだ。

そのとき、三人の娘の背後にいた茂次が、

「菅井の旦那たちが来やす！」

と、離れの方に目をやって言った。

菅井や安田たちが、離れの脇の暗がりを走ってくる。

菅井が連れてきたのは、離れの裏手にまわった安田、孫六、三太郎、栄造の四人だった。

「娘たちを助けだしたか！」

安田が、声を上げた。

「喜ぶのは、まだ早い」

源九郎はそう言って、寿屋を指差した。店の入口近くから、男たちの声と廊下を慌ただしそうに走る足音が聞こえた。

「甚兵衛たちに、気付かれたようだ」

源九郎が言った。

「手筈どおり、やりやしょう」

孫六が男たちに目をやって言った。

源九郎たちは、ここに来る前、甚兵衛たちに気付かれたときのことも相談してあったのだ。

「栄造、孫六、安田、娘たちを頼むぞ」

源九郎は娘たちを助け出した後、甚兵衛たちに襲われたら、栄造たち三人で娘を守り、諏訪町にあるそば屋の勝栄まで連れていくことにしていた。残る源九郎たちで、甚兵衛たちと闘うのである。

「承知した」

栄造が先に立った。

三人の娘の脇に孫六がつき、背後を安田が守った。栄造たちは、三人の娘を連れ、庭を横切って、右手の板塀の方へむかった。板塀のとぎれたところから雑木林のなかに入り、林のなかをたどって通りに出た後、諏訪町にむかうのである。

栄造たちが庭を横切り、板塀近くまで行ったとき、

「来たぞ!」

平太が声を上げた。

寿屋の入口から男たちが出てきた。入口から洩れる灯のなかに、何人もの男の姿が浮かび上がった。いずれも遊び人ふうである。甚兵衛の子分たちであろう。

「大勢だぞ!」

「店のやつらだ!」

茂次と三太郎が、大声を上げた。

ふたりが大声を上げたのは、甚兵衛の子分たちを自分たちの方に引き付け、娘たちを連れた栄造たちを逃がすためである。

「あそこだ!」

「何人もいるぞ!」

「殺《や》っちまえ!」

姿を見せた子分たちが口々に叫び、源九郎たちの方へ走ってきた。

「迎え撃て!」

菅井が、走り寄る子分たちを見すえて言った。

走り寄る男たちは、七人だった。そのなかに、長身の武士の姿があった。浦上重兵衛である。

七人の男は、源九郎たちを取り囲むように左右にまわり込んできた。その七人の背後から大柄な男が、ゆっくりとした足取りで近付いてきた。でっぷり太り、鬢《びん》や髷《まげ》に白髪があった。初老らしい。鼻が大きく、目がギョロリとひかっている。

……甚兵衛だ！

源九郎は胸の内で声を上げた。

「おれが、浦上とやる。華町は子分たちを相手にしてくれ」

菅井が言った。居合は抜刀の一瞬に勝負をかけるので、多勢を相手にするのはむずかしいのだ。

「承知した」

源九郎は刀を抜いた。

七

子分たち六人が、ばらばらと走り寄った。そして、源九郎たち五人を取り囲むようにまわり込んできた。浦上は、六人の背後から近付いてくる。

源九郎の前に、遊び人ふうの男がひとり迫ってきた。これを見た源九郎は、いきなり刀を抜き、遊び人ふうの男に走り寄った。

男は、ギョッ、としたように立ち竦《すく》んだ。そして、慌てて懐に手をつっ込んで、匕首を取り出そうとした。

「遅い！」

声を上げざま、源九郎は手にした刀を一閃《いっせん》させた。

切っ先が、男の眉間《みけん》をとらえた。割れた額から、血と脳漿《のうしょう》が飛び散った。男は右手を懐につっ込んだまま、腰からくずれるように転倒した。仰向けに倒れた男は、悲鳴も呻き声も上げなかった。即死である。

これを見た他の男たちは、驚愕《きょうがく》に目を剝《む》いて後じさった。闘う気が失《う》せている。源九郎は機先を制し、男たちが立ち向かってくる前に戦意を奪ったのである。

これを見た大柄な男が、

「何をしてやがる！　刀を持っているのは、ふたりだけだ」

と、大声で怒鳴った。やはり、この男が甚兵衛らしい。

甚兵衛の声で、男たちの顔色が変わった。目をつり上げ、肩を怒らせて源九郎たちに迫ってきた。手には、匕首を持っている。

だが、源九郎は動きをとめず、左手から来た小柄な男に、刀を八相に構えたまま走り寄った。すると、小柄な男は、悲鳴を上げて逃げた。

源九郎は動きをとめず、もうひとりの男の前にまわり込んで切っ先をむけた。その男も後じさって、その場から身を引いた。

源九郎が素早く動いたのは、男たちに、取り囲まれるのを防ぐためである。そばにいた平太、茂次、三太郎の三人を守るためでもあった。

だが、すぐに源九郎の息が上がった。激しく動きまわったせいである。

源九郎は荒い息を吐きながら、平太たちの前に立った。平太たち三人も、用意した匕首を手にして身構えている。

甚兵衛の子分たち四人が、源九郎たちに近寄ってきた。ひとり、小柄な男は四人の背後にいた。まだ、身を顫わせている。

「さァ、来い！」

源九郎は、威嚇《いかく》するように八相の構えをとった。

これで、後れをとることはない、と源九郎はみた。立ち向かってきた相手は四人、味方も四人である。

源九郎の前に立ったのは、顔の浅黒い三十がらみの男だった。源九郎は、この男に見覚えがあった。長屋に踏み込んできたときに、仲間を指図していた男である。

「今日こそ、てめえを殺してやる！」

男が目をつり上げて叫んだ。

源九郎はいっとき動かずにいたが、胸の動悸《どうき》が収まると、

「怖いのか。匕首が震えているぞ」

源九郎が、揶揄《やゆ》するように言った。男を逆上させ、踏み込んでこさせようとしたのだ。

男の顔色が変わり、

「殺してやる！」

と、叫びざま、匕首を前に突き出してつっ込んできた。

源九郎は男が斬撃の間合に入った瞬間、右手へ跳びざま刀を横に払った。一瞬の太刀捌きである。

源九郎の切っ先が、男の腹を横に斬り裂いた。

グワッ！　という呻き声を上げ、男は左手で腹を押さえてよろめいた。そして、二人目が斬られた。

源九郎は男をそのままにして、他の三人に目をやった。そして、茂次たちのそばにいた小柄な男に切っ先をむけ、

「次は、おまえか」

と、威嚇するように叫んだ。

すると、男は恐怖に顔をひき攣らせて後じさった。そして、匕首を手にしたまま逃げだした。他のふたりも、反転して逃げた。

　子分たちが逃げるのを見た甚兵衛は、

「いくじのねえやつらだ！」

と言って、後じさり、反転して逃げようとした。

これを見た源九郎は、

「逃がすか！」

と声を上げ、甚兵衛の後を追った。

そばにいた平太、茂次、三太郎の三人も、甚兵衛を追って走りだした。

甚兵衛の足は遅かったが、源九郎も似たようなものだった。ひとり、平太が飛び出した。すっとび平太と呼ばれるだけあって、足は速い。

平太が、甚兵衛の前に立ち塞《ふさ》がった。そこへ、茂次と三太郎も駆け寄った。

甚兵衛の足がとまり、逃げ場を探すように周囲に目をやった。顔がひき攣ったように歪《ゆが》んでいる。

「甚兵衛、年貢の納めどきだな」

そう言って、源九郎が甚兵衛に身を寄せた。手には、刀身を峰に返した刀を持っていた。源九郎は甚兵衛を生きたまま捕らえようと思った。町方に引き渡せば、娘たちを攫った経緯がはっきりするだろう。

「ま、待て！　金なら、好きなだけやる」

甚兵衛が、声を震わせて言った。

「金などいらぬ」

源九郎が踏み込んだ。

すると、甚兵衛は反転して駆けだした。その場から、逃げようとしたらしい。

「逃がさぬ」

源九郎は、老齢とは思えない素早い動きで甚兵衛の前にまわり込み、手にした刀を一閃させた。神速の太刀捌きである。

峰打ちが、甚兵衛の腹に入った。

ググッ、と低い呻き声を上げ、甚兵衛は両手で腹を押さえて蹲《うずくま》った。そこへ、平太、茂次、三太郎の三人が走り寄った。

甚兵衛は、平太たち三人に押さえられて身動きできなくなった。茂次の指図で、三人は甚兵衛を後ろ手に縛った。

巨魁の甚兵衛も年貢の納めどきである。

このとき、菅井は浦上と対峙していた。すでに、ふたりは一合したらしく、浦上の右袖が裂け、右の二の腕にかすかな血の色があった。菅井の居合の抜き打ちを浴びたのであろう。だが、深手ではなかった。皮肉を浅く裂かれただけである。

菅井は刀を脇構えにとっていた。浦上が斬撃の間境近くにいたので、刀を鞘《さや》に納める間がなかったのだ。

「居合が、抜いたな」

浦上の顔に、薄笑いが浮いた。居合は抜刀してしまえば、遣えないことを知っていたのだ。

菅井は無言で、浦上との間合を読んでいた。間合に入ったら居合の抜刀の呼吸で、脇構えから斬り込もうとしたのだ。

そのとき、源九郎たちが菅井の背後から近付いてきた。源九郎は、菅井に助太刀して浦上を討つつもりだった。

浦上は源九郎たちの姿を目にすると、素早く後じさり、

「勝負は預けた！」

と、菅井に声をかけ、反転して走りだした。逃げたのである。

「待て！」

菅井は浦上の後を追った。

だが、浦上との間は狭まらなかった。菅井の後ろから、茂次たちも追った。足の速い平太が前に出たが、追いつく前に、浦上は寿屋の脇に走り込んだ。そこは、深い闇につつまれていた。

「平太、追うな！」

菅井が声をかけた。

闇のなかで浦上が待ち伏せしていたら、平太の命はない。後を追ってきた菅井も、闇のなかに踏み込まなかった。

浦上の姿が、闇に呑まれるように消えていく。

「逃げられたか」

菅井が、渋い顔をして言った。

第六章　十文字斬り

一

「栄造、茶を飲まぬか」

源九郎は、茶を入れた湯飲みを栄造の膝先に置いた。

そこは、はぐれ長屋の源九郎の住む家の座敷だった。源九郎と栄造の他に、ふたりの男がいた。孫六と茂次である。ふたりは、栄造より先に来て源九郎と話していたのだ。

「いただきやす」

栄造は、湯飲みに手を伸ばした。

源九郎は栄造が、茶を飲むのを待ってから、

「どうだ、三人の娘は無事に親元にもどったか」

と、訊《き》いた。

源九郎たちが、監禁されていた三人の娘を助け出してから三日経っていた。源九郎たちは三人の娘を助けだした後、そば屋の勝栄に連れていった。深夜だったこともあり、その夜のうちに、娘たちを三人の家に連れていくのは無理だったのである。

源九郎たちはそのまま帰ったが、翌朝、栄造と平太のふたりで、娘たちをそれぞれの家に帰したはずだ。平太は栄造の下っ引きだったこともあり、その夜は、勝栄に泊まったのだ。

「へい、三人とも親元のところへ送ってやりやした。どの家も、たいそう喜んでやしてね。華町の旦那たちのことを話すと、後で礼に伺《うかが》うと言ってやしたぜ」

栄造が顔をほころばせて言った。

「礼など、いいのに」

源九郎たちは、大増屋から多額の依頼金を貰《もら》っていた。大増屋の娘を守るためには、どうしても甚兵衛を討たねばならず、それで寿屋に踏み込んだのだ。娘たちを助けることだけが、目的ではなかったのである。

「これで、始末がつきやしたね」

　栄造が言った。

　その後、甚兵衛は栄造の手で町方に引き渡されていた。獄門は免れないだろう。

「いや、まだだ。浦上が残っている」

　源九郎は浦上を討つまで、始末はつかないと思っていた。まだ、寿屋から逃げた浦上の足取りはつかめていない。

「寿屋から逃げたままか」

　栄造の顔から笑みが消えた。

「今日も、菅井の旦那たちが探りにいってるんだ」

　孫六が口を挟んだ。今朝から、菅井、安田、平太、三太郎の四人は、浦上の居所を探るために、花川戸町に出かけていた。

「明日は、わしらも行くつもりだ」

　源九郎が言った。長屋にいても、やることがないので、明日、源九郎は、孫六と茂次を連れて花川戸町へむかうことになっていた。菅井たちと、交替するのである。

「あっしも、お供しやす」

栄造が身を乗り出して言った。

「それなら、明日、勝栄に立ち寄ろう」

源九郎は、勝栄でそばでも食ってから花川戸町に向かおうと思った。

それから、栄造は半刻（一時間）ほど話して腰を上げた。栄造が帰ると、孫六と茂次も立ち上がった。ふたりは、それぞれの家に帰るらしい。

ひとりになった源九郎は、座敷に横になった。やることがないので、一眠りしようと思ったのだ。

どれほど眠ったのか、源九郎は腰高障子のあく音と男たちの話し声で目を覚ました。戸口に目をやると、花川戸町に出かけた菅井たち四人の姿があった。

「華町、昼間から寝てたのか」

菅井が、呆《あき》れたような顔をして言った。

源九郎は身を起こして立ち上がると、めくれていた小袖の裾を直してから、あらためて座敷に腰を下ろした。

腰高障子の隙間から外に目をやると、薄暗かった。暮れ六ツ（午後六時）を過ぎているのかもしれない。

菅井と安田は座敷に上がったが、三太郎が、「あっしらは、このまま家に帰《けえ》りやす」と言って、平太とふたりで出ていった。ふたりは長屋に家族がいるので、早く帰りたいのだろう。

源九郎は、菅井と安田が腰を下ろすのを待って、

「それで、浦上の居所は知れたのか」

と、訊いた。

「居所は知れぬ」

菅井が渋い顔をして言った。

「まだ、花川戸町に身をひそめているのではないかな」

「花川戸町にいるようだ」

安田が言った。

「何か、浦上のことで耳にしたのか」

「隠居所の近くで、通りかかった船頭ふうの男に訊いたのだがな、背の高い牢人ふうの男を見掛けたそうだ」

「浦上か」

「そうみていいな」

安田につづいて、菅井が、

「浦上らしい武士は、遊び人ふうの男といっしょに歩いていたらしいぞ」

と、源九郎に顔をむけて言った。

「甚兵衛の子分か」

「そうらしい」

「まだ、子分が残っているからな。……明日は、おれも花川戸町へ行くつもりだ。長屋にいても、やることがないのでな」

源九郎が、菅井と安田に目をやって言った。

「三人いっしょに行くか」

菅井が言うと、安田もうなずいた。菅井も安田も、長屋にいてもやることがないのだ。

「ところで、華町、夕飯はどうした」

菅井が訊いた。

「まだだ」

源九郎は、腹がすいていた。それに、これからめしを炊くのは面倒だった。できれば、外で食べたい。

「どうだ、すこし遠いが、三人で川沿いにある一膳めし屋にでも行かないか」

安田が言った。

「そうしよう」

すぐに、源九郎は立ち上がった。几帳面《きちようめん》な菅井はともかく、安田は源九郎と同じように、これからめしを炊くのは面倒なのだろう。

二

翌朝、源九郎、菅井、安田、孫六、茂次の五人は、はぐれ長屋を出て浅草花川戸町にむかった。平太と三太郎は、長屋に残った。昨日、行ったので、孫六たちと交替したのである。

途中、源九郎たちは、そば屋の勝栄に立ち寄った。栄造もいっしょに花川戸町へ行くことになっていたのだ。

「どうです、腹拵《はらごしら》えをしてから行きやすか」

栄造が、源九郎たちに目をやって訊いた。

「頼むか」

まだ、昼前だったが、花川戸町へ着くころは昼を過ぎているだろう。

源九郎たちは、勝栄の板敷きの間の上がり框《がまち》に腰を下ろした。そして、しばらく待つと、栄造と女房のお勝がそばを運んできた。

「この店のそばは、うまいからな」

そう言って、源九郎はそばをたぐり始めた。

源九郎たち五人は、そばを食べ終えると、一休みしてから栄造とともに勝栄を出た。そして、大川端の通りに出てから花川戸町にむかった。

源九郎たちは、吾妻橋のたもとを過ぎて花川戸町に入った。そして、大川沿いの道をいっとき歩き、隠居所の近くまで来ると、源九郎が路傍に足をとめ、

「この辺りから、少し離れて歩くか。六人でいっしょに歩いていると、人目を引くからな」

と、菅井たちに言った。

菅井たちは、すぐに承知し、ひとり、ふたりとばらばらになり、すこし離れて歩いた。先にたったのは、源九郎と孫六だった。ふたりは隠居所の前まで行くと、路傍の樹陰に身を隠して、隠居所に目をやった。

隠居所のまわりに人影はなく、吹き抜け門の先に見える入口の戸はしまっていた。隠居所に、ひとがいるかどうか分からなかった。風があり、隠居所のまわり

に植えられた庭木の枝葉が揺れる音で、家のなかの物音を聞くことはできない。

源九郎は後続の菅井たちが、近付くのを待ち、

「だれか、いるはずだがな」

と、小声で言った。

菅井たちが、無言でうなずいた。

「また、あっしが、様子を見てきやしょうか」

茂次が言った。以前、茂次は隠居所に近付いて、なかの様子を探ったことがあったのだ。

「頼む」

源九郎が言うと、茂次はすぐにその場を離れた。

茂次は隠居所の吹き抜け門につづく道をたどって、隠居所をかこっている黒板塀に身を寄せた。そして、忍び足で黒板塀沿いをたどって隠居所に近付いた。

茂次は、黒板塀に身を隠し、隠居所から聞こえてくる物音に聞き耳を立てているようだったが、いっときすると、その場を離れて源九郎たちのそばにもどってきた。

「だれか、いたか」

すぐに、源九郎が訊いた。

「何人も、いやした」

茂次によると、隠居所のなかから何人もの男の話し声が聞こえたという。

「浦上の声は、聞こえたか」

源九郎は、浦上のことが気になっていた。茂次は浦上の声を聞いているので、それと分かるはずだ。

「小声で、浦上かどうかはっきりしねえが、武家言葉は聞こえやした」

「浦上がいるとみていいな」

源九郎は、浦上だと思った。甚兵衛の子分たちのなかで、生き残っている武士は浦上だけである。

「どうする」

菅井が訊いた。

「ここで、討つしかないな」

源九郎は、ここで逃げられれば、浦上や子分たちの居所をつきとめるのはむずかしくなるとみた。

「家のなかに、踏み込むか」

脇から、安田が言った。

「いや、外に引き出そう。家のなかだと、わしらも何人か殺《や》られるぞ」

源九郎は、狭い家のなかで大勢で斬り合えば、味方のなかからも犠牲者が出るとみた。

「うまく引き出せるかな」

安田が言うと、

「わしが、何とかやってみる」

源九郎は、そばにいる孫六と茂次に目をやり、

「いっしょに、戸口から入ってくれないか。きゃつらが立ち上がって、外に出てくるようだったら、ふたりは外に逃げてくれ」

と、頼んだ。

孫六と茂次は、戸惑うような顔をしたが、

「逃げていいなら、やりやしょう」

孫六が言うと、茂次もうなずいた。

源九郎は菅井にも目をやり、

「浦上は、おれにやらせてくれないか。十文字斬りと決着をつけたいのだ」

と、いつになく厳しい顔をして言った。

「いいだろう。浦上は華町にまかせる。だが、華町が危うくなったら、助けに入るぞ」

菅井の声は静かだったが、強いひびきがあった。

「勝手にしてくれ」

そう言って、源九郎は孫六と茂次を連れ、細い道をたどって隠居所の吹き抜け門にむかった。菅井、安田、栄造の三人は、すこし間をとって後からついてくる。

源九郎たちは吹き抜け門を通り、隠居所の戸口にむかった。戸口は、洒落《しやれ》た格子戸になっていた。金に糸目をつけずに建てたのだろう。

戸口に近付くと、隠居所のなかから話し声が聞こえた。茂次が言ったおり、何人もの男の声だった。

源九郎は戸口に身を寄せて、聞き耳をたてた。

……浦上だ！

武士の声に、聞き覚えがあった。浦上である。

他の声の主は、いずれも町人のようだった。生き残った甚兵衛の子分たちであろう。

「踏み込むぞ」

源九郎は孫六と茂次に目をやり、声を殺して言った。

源九郎が戸口の格子戸をあけた。敷居の先が狭い土間で、つづいて板間になっていた。板間の奥に、襖がたててある。座敷があるらしい。そこから、男たちの声が聞こえた。

「だれか、来たぞ!」

と、昂《たかぶ》った声がし、話し声がやんだ。座敷にいる男たちは、戸口の様子をうかがっているようだ。

ひとの立ち上がる気配がし、襖があいた。顔を出したのは遊び人ふうの男である。

「寿屋を襲ったやつらだ!」

男が、叫んだ。

すると、座敷で何人もの立ち上がる気配がし、さらに、襖が大きくあけられた。座敷にいたのは総勢五人である。

浦上の姿があった。他の四人は、いずれも遊び人ふうだった。生き残った甚兵衛の子分たちらしい。

三

「三人だけか」

浦上が、源九郎を見すえて訊いた。

「いや、表に長屋の者が何人かいる」

源九郎は三人だけだと言うと、浦上は信用しないとみた。それで、何人かいると口にしたのだ。

「おれたちを捕らえにきたのか」

「おぬしを斬りにきたのだ」

「うむ……」

浦上は戸惑うような顔をした。

「わしと勝負するのは、怖いのか」

源九郎が挑発するように言った。

「おぬしのような老いぼれが、怖いだと」

浦上が薄笑いを浮かべた。

「ならば、表に出ろ！」

「いいだろう」

浦上は手にした刀を腰に帯びた。そして、そばにいた子分たちに、「おまえたちは、表にいるやつらを始末しろ」と、強い口調で言った。

座敷にいた四人の子分のなかには、尻込《しりご》みする者もいた。すると、浦上が、

「ここにいるのは、長屋の意気地のないやつばかりだ」と揶揄《やゆ》するように言った。

すると、子分のひとりが、

「殺っちまえ！」

と、声を上げた。その声で、四人の子分の顔からためらいの色が消え、座敷から板間に出てきた。

源九郎は、孫六と茂次を先に外に出し、浦上に体をむけたまま敷居を跨《また》いで外に出た。

源九郎は戸口からすこし離れた場所で、浦上と対峙《たいじ》した。浦上につづいて出てきた四人の子分は、孫六と茂次が逃げようと戸口の右手の庭に向かうのを見て足を速めた。子分たちは、孫六たちが自分を恐れて逃げたとみたようだ。

子分の四人が庭に踏み込んだとき、庭木や隠居所の脇から男たちが走り出た。

菅井、安田、栄造の三人である。

「二本差しが、ふたりもいやがる！」

家から出てきた子分のひとりが叫んだ。顔がひき攣《つ》ったように歪《ゆが》んでいる。他の三人は、その場から逃げようとした。

「逃がすな！」

安田と栄造が、子分たちの前にまわり込んだ。

菅井たち三人は、子分たちの背後から足早に近付いた。


このとき、源九郎は浦上と対峙していた。ふたりの間合はおよそ三間。まだ、一足一刀の斬撃の間境の外である。

源九郎と浦上は、抜き合わせた刀を青眼に構えた。そして、浦上は刀身を引き、切っ先を背後にむけて脇構えにとった。対する源九郎は、青眼に構えたままである。

浦上は後方にむけた切っ先を上げて、刀身をほぼ水平にとった。

……十文字斬りの構えだな。

源九郎は、表情も変えなかった。すでに浦上と二度対戦していた。十文字斬りも二度、目にしている。

すかさず、源九郎は浦上の目線につけていた剣尖《けんせん》を下げて喉元にむけた。以前は、剣尖を胸の辺りに付けたのだが、わずかでも上からの斬撃を速くするためにすこし上げたのだ。そして、以前対戦したときと同じように、源九郎は右手に動いた。動きながら闘うためである。

すると、浦上も源九郎の動きに合わせて、脇構えにとったまま右手に動いた。以前対戦したときの轍《てつ》を踏まないように、動きを変えたらしい。

このとき、浦上の腰がわずかに浮いた。

不意に、源九郎が一歩踏み込んだ。次の瞬間、源九郎の全身に斬撃の気がはしった。浦上の腰が浮いた一瞬をとらえたのだ。

浦上も源九郎の動きに反応した。

イヤアッ！

タアッ！

ほぼ同時に、源九郎と浦上が裂帛《れっぱく》の気合を発し、体を躍らせた。

刹那《せつな》、稲妻のような二筋の閃光《せんこう》がはしった。

源九郎は青眼から袈裟《けさ》へ——。

対する浦上は、脇構えから刀身を横に払った。十文字斬りの初太刀である。

源九郎の切っ先が、前に伸びた浦上の右の前腕をとらえた。浦上の切っ先は、源九郎の右の袂を切り裂いた。

次の瞬間、源九郎は素早い動きで後ろに跳んだ。間髪をいれず、浦上の二の太刀が、真っ向へ斬り下ろされた。横から縦への十文字斬りである。

真っ向へ斬り下ろされた浦上の切っ先は、空を切って流れた。源九郎が後ろに跳ぶ方が速かったのだ。

ふたりは一合した後、ふたたび青眼と脇構えにとった。浦上の右の前腕が、血に染まっていた。源九郎の切っ先がとらえたのである。

「浦上、勝負あった。刀を下ろせ」

源九郎が浦上を見すえて言った。

「擦《かす》り傷だ！」

浦上が声を震わせて言った。

「まだ、やるつもりか」

「次は、おぬしの頭を斬り割ってくれる！」

浦上が昂った声で言い、ふたたび十文字斬りの高い脇構えにとった。

「やるしかないようだな」

源九郎も、青眼に構えた剣尖を浦上の喉元にむけた。

ふたりの間合は、さきほど対峙したときよりも、半間ほど近かった。一合したために、間合が近くなったのだ。

「いくぞ!」

源九郎が先《せん》をとった。

足裏を摺《す》るようにして、つつッと浦上との間合を狭めた。斬撃の間境まで、半間ほどに迫ったとき、源九郎が、ふいに剣尖を脇へむけて隙を見せた。敵に斬り込ませるための誘いである。

と、浦上の全身に斬撃の気がはしった。次の瞬間、浦上の体が膨れあがったように見えた。

キエッ!

浦上が甲走った気合を発し、刀身を横一文字に払った。十文字斬りの初太刀である。だが、速さも鋭さもなかった。

源九郎は、わずかに身を引いて浦上の切っ先を交わすと、踏み込みざま袈裟に斬り込んだ。その切っ先が、浦上の首を深く斬り裂いた。

浦上の首から、血が激しく飛び散った。浦上は血を撒《ま》きながらよろめき、足がとまると腰からくずれるように転倒した。

俯《うつぶ》せに倒れた浦上は、四肢を痙攣《けいれん》させていたが、身を起こそうともしなかった。呻《うめ》き声も聞こえない。即死の状態である。

源九郎は、血刀《ちがたな》を手にしたまま周囲に目をやった。甚兵衛の子分たちと、菅井たちの闘いにくわわろうとしたのだ。だが、闘いは終わっていた。

子分のふたりは、血塗《ちまみ》れになって横たわり、他のひとりは、安田に追い詰められていた。もうひとりは、悲鳴を上げながら小径《こみち》を走って通りの方へ逃げていく。

源九郎が刀に血振《ちぶ》りをくれ、鞘《さや》に納めると、菅井と孫六が走り寄ってきた。

「華町、浦上を仕留めたな」

菅井が、倒れている浦上に目をやって言った。

「凄《すげ》えや！」

孫六が感嘆の声を上げた。

「浦上の遣う十文字斬りと、立ち合ったことがあったのでな。何とか、斬ることができたのだ」

源九郎の本音だった。十文字斬りがどのような剣か知らなかったら、この場に横たわっているのは、浦上でなく源九郎だったろう。

そのとき、安田に追い詰められていた男が、悲鳴を上げて身をのけ反らせた。安田の斬撃を浴びたようだ。

源九郎たちは、血刀を引っ提げて立っている安田に近付いた。足元に倒れている男は、かすかに四肢を痙攣させていたが、即死状態だった。

「始末がついたな」

源九郎が、安田に声をかけた。

「華町も、浦上を仕留めたようだな」

安田の顔にも、安堵《あんど》の色があった。

「栄造、いろいろ助かったよ」

源九郎が、栄造にも声をかけた。

「礼を言うのは、こっちです。華町どのたちの御蔭で、甚兵衛たち一家を始末することができたのだから」

栄造がほっとした顔をして、言った。

それから、源九郎たちは隠居所のなかに入った。甚兵衛の子分が残っていないか、確かめたのである。

隠居所のなかには、だれもいなかった。ひっそりと静まっている。

「長屋に帰ろう」

源九郎が男たちに声をかけた。

四

この日、はぐれ長屋の男が七人、本所松坂町にある亀楽に集まっていた。源九郎が仲間の六人に声をかけ、亀楽に集めたのである。

源九郎は、亀楽の親爺の元造に酒と肴《さかな》を頼んだ。そして、元造とおしずが、酒《しゅ》肴《こう》を運んできて飯台に並べ終えると、元造たちが板場にもどるのを待ち、

「実は、みんなに話があって、ここに来てもらったのだ」

と、源九郎が口火を切った。

「何です」

孫六が、身を乗り出すようにして訊いた。

「話すのは、一杯やってからだ」

源九郎は、酒肴を目の前にしたまま話したくなかったし、聞く方も嫌だろう。

源九郎の言葉で、飯台を前にして腰を下ろした男たちは、近くにいる仲間たちと酒を注ぎあって、喉を潤した。平太も、すこしだけ飲んだようだ。

源九郎は、男たちがいっとき酒で喉を潤すのを待ってから、

「昨日な、倉沢屋のあるじの稲五郎さんと長田屋《おさだや》の昌蔵《まさぞう》さん、それに吉川屋《きちかわや》の泉《せん》吉《きち》さんの三人が、長屋に見えてな。娘たちを助けてもらった礼だと言って、それぞれ、五十両ずつ置いていったのだ」

と、声をひそめて言った。

源九郎が名を口にしていたのは、寿屋の離れに監禁されていた三人の娘の親たちである。

「ひゃ、百五十両！」

孫六が目を剝《む》いて言った。

他の五人の男も、驚いたような顔をして源九郎に目をやっている。大増屋からは二百両もらっていたが、そのときは娘のおきよを人攫い一味から守るための依頼金だった。今度は、娘たちを助けた礼金だが、源九郎たちは予想していなかったのだ。

「この金を分けるが、ひとり二十両ずつでどうだ。十両余るが、飲み代にしたらどうだ。大増屋からもらった金もだいぶ残っているので、当分金の心配をしないで、飲めるぞ」

源九郎が言うと、

「それでいい」

孫六が声高に言った。他の五人も、すぐに承知した。

「では、今日も、金の心配をせずに飲んでくれ」

源九郎が男たちに目をやって言った。

「飲むぞ!」

安田が猪口《ちょく》を手にして声を上げた。

男たちは、近くにいる仲間たちと酒を注ぎ合って飲み始めた。

源九郎は飲みながら平太に目をやった。飯台の隅で、ひとりで肴の炙《あぶ》ったするめを口にしている平太が気になったのだ。

源九郎は腰を上げ、平太の脇に腰を落とすと、

「平太、飲むか」

と言って、銚子をむけた。源九郎は、平太が気落ちしているように見えたの

だ。

平太は首をすくめ、戸惑うような顔をしたが、

「いただきやす」

と、言って猪口を差し出した。

平太は、猪口の酒を一気に飲み干したが、渋い顔をして手の甲で口を拭った。まだ、酒の味が分からないのだろう。

「平太、大増屋のおきよは、元気か」

源九郎が訊いた。平太が沈んでいるのは、おきよのことだとみたのである。

「わ、分からねえ。ちかごろ、おきよと会ってねえんだ」

平太が、声をつまらせて言った。

「何かあったのか」

「前のおきよと、変わっちまったんだ。顔を合わせてもよそよそしく、ろくに話もしねえんだ」

平太が、涙声で言った。

「父親の宗兵衛と母親のおふくは、どうだ」

源九郎が訊いた。

「ふたりとも、あっしがおきよのことで店に行くと、いい顔をしねえ」

「そうか」

源九郎は、宗兵衛夫婦の胸の内が読めた。おきよは、大増屋のひとり娘である。いずれ、相応の婿をとり、大増屋を継がせなければならない。長屋住まいで、御用聞きの下っ引きをしている平太を婿に迎えるわけにはいかないのだろう。それで、宗兵衛夫婦はおきよに、平太と親しくしてはいけない、と話したにちがいない。

「おいら、おきよが危ねえ目に遭《あ》わねえように、琴の稽古のおりに、ついていってやりてえだけなんだ」

平太が悔しそうな顔をして言った。

「平太、飲め。……いいか、男なら、おきよを尾《つ》けまわすようなことはするな」

源九郎は、あらためて平太の猪口に酒をついでやった。平太に、男らしくないことはさせたくなかった。

「いただきやす」

平太は猪口の酒を一気に飲み干すと、「華町の旦那、もう一杯」と言って、猪口を源九郎に差し出した。顔が赤くなっている。

「今日は、酔ってな、おきよのことは忘れろ」

源九郎は、平太の猪口に酒をついでやった。

源九郎は胸の内で、「初めての恋なんて、こんなものだ。酒の酔いと同じで、そのうち平太の熱も冷めるだろう」と思った。

本作品は、書き下ろしです。

双葉文庫

と-12-55

はぐれ長屋《ながや》の用心棒《ようじんぼう》
平太《へいた》の初恋《はつこい》

2018年12月16日　第1刷発行

【著者】
鳥羽亮《とばりょう》
©Ryo Toba 2018

【発行者】
箕浦克史

【発行所】
株式会社双葉社
〒162-8540 東京都新宿区東五軒町3番28号
［電話］03-5261-4818(営業)　03-5261-4833(編集)
www.futabasha.co.jp
(双葉社の書籍・コミックが買えます)

【印刷所】
株式会社新藤慶昌堂

【製本所】
株式会社若林製本工場

【表紙・扉絵】南伸坊
【フォーマット・デザイン】日下潤一
【フォーマットデジタル印字】飯塚隆士

ISBN978-4-575-66925-1 C0193
Printed in Japan